Gregor Tessnow

Auch Geheimagenten brauchen Schlaf

Melissa Yurdakul 5aG

Gregor Tessnow, 1969 in Berlin geboren, machte zunächst eine Maurerlehre und studierte dann Bauingenieurwesen. Er brach das Studium ab, um Schriftsteller zu werden, fuhr Taxi und erhielt einen Werkvertrag von der Künstlerförderung Berlin. Gregor Tessnow lebt heute in Potsdam.

Gregor Tessnow

Auch Geheimagenten brauchen Schlaf

Deutscher Taschenbuch Verlag

Ungekürzte Ausgabe
In neuer Rechtschreibung
Februar 2005
Deutscher Taschenbuch Verlag GmbH & Co. KG, München
www.dtvjunior.de

Umschlagkonzept: Balk & Brumshagen
Umschlagbild: Iris Hardt
Gesetzt aus der ITC Stone Informal/Sans/Serif
Gesamtherstellung: Ebner & Spiegel, Ulm
Printed in Germany · ISBN 3-423-70899-9

Für Zoran Drvenkar
ohne den mein Leben nur die Hälfte wär

Spezieller Dank an
Prof. Dr. Ing. Joachim Wernicke
nicht verrückt
aber anders als alle Erwachsenen
die ich als Kind kennen gelernt habe

Weltmeister der Weltmeister

Wir müssen in einen anderen Raum. Wegen der Instrumente. Das ist das Spannende am Musikunterricht. Die Lehrer haben keine Lust, die Instrumente in unser Klassenzimmer zu schleppen. Lehrer sind faul. Sie werden nur aus einem Grund Lehrer: die langen Ferien. Lehrer sind viel zu faul, um richtig zu arbeiten. Das habe ich mir nicht ausgedacht. Das hat unser Klassenlehrer gesagt. Der muss es ja wissen.

Der Musikraum liegt neben der Aula. Genauer gesagt zwischen Aula und dem großen Schultor. Das Schultor besteht aus zwei riesigen Türen, die nach innen aufgehen. Wie bei einer Burg. Wenn man noch nicht in der vierten Klasse ist, kann man so eine Tür gar nicht alleine aufmachen. Zu schwer. Darum macht der Hausmeister die Türen zum Ende jeder Stunde auf und hakt sie ein. Damit sie offen bleiben, ganz klar. Sonst müssten alle, die noch nicht in der vierten Klasse sind, in der Schule bleiben. Das würde niemandem gefallen.

Heute werde ich Allererster sein. Die Chancen stehen so gut wie niemals zuvor. Wir haben Musik bei Frau Sieben.

»Nehmt euch in Acht vor der Sieben«, das ist der einzige Witz, der uns zu ihrem Namen einfällt.

Wir sind im Musikraum und Frau Sieben erklärt uns gerade, was ein Notenschlüssel ist. Immerhin singt sie nicht. Ich höre trotzdem nicht zu. Ich habe Wichtigeres im Kopf. Weit hinten, in der letzten Reihe, ganz dicht bei der Tür, da sitze ich. Meine Uhr geht auf die Sekunde genau.

Noch drei Minuten.

Ich packe meine Sachen zusammen. Alles ganz leise, damit Frau Sieben es nicht merkt. Nur noch das Heft in den Rucksack und dann vorsichtig den Reißverschluss zugemacht.

Noch eine Minute.

Ich drehe mich so weit auf dem Stuhl nach hinten, dass ich schon die Tür sehen kann. Die letzten Sekunden vergehen wie in Zeitlupe. Neun, acht, sieben, sechs, fünf. Ich springe auf und stürze zum Ausgang. Mein Stuhl fällt dabei um und Frau Sieben ruft meinen Namen: »Daniel!«

Sie klingt erschrocken. Nicht böse.

Meine Hand berührt die Türklinke und im selben Moment ertönt die Schulklingel. Der Rest der Klasse packt die Sachen zusammen, das macht jede Menge Lärm. Ich kann Frau Sieben nicht mehr hören, aber auch wenn ich sie hören könnte, wäre es mir egal. Nicht egal ist, dass ich auf dem Weg bin, Geheimagent zu werden. Wenn ich heute als Erster aus dem Schultor renne, ist die Sache entschieden.

Natürlich werde ich nicht sofort Geheimagent. So dumm bin ich nicht. Ich bin zehn Jahre alt. Niemand wird mit zehn Jahren Geheimagent. Nicht einmal, wenn man zwölf verschiedene Sprachen spricht und dabei Handstand auf einem Finger macht. Auch nicht, wenn man durch Wände gehen kann.

Na gut. Vielleicht wenn man durch Wände gehen kann. Aber ich kann nicht durch Wände gehen. Ich habe es versucht.

Heike hat gesagt: »Man muss nur schnell genug sein. Dann klappt es.«

Heike ist meine Freundin, also habe ich es versucht. Das hat verdammt wehgetan. Heike hat gelacht und war für drei Tage nicht mehr meine Freundin. Drei Tage. Das ist lange. Wenn man also nicht durch Wände gehen kann, muss man auf die harte Tour Agent werden. Man muss sich Herausforderungen stellen, die für normale Menschen unmöglich sind. Für jede Herausforderung hat man zehn Versuche. Heute ist mein zehnter Versuch. Es ist die letzte Chance. Wenn ich es heute nicht schaffe, dann war es das. Dann kann ich den Geheimdienst vergessen. Dann werde ich nie und nimmer Geheimagent. Dann muss ich Astronaut werden oder verrückter Professor.

Ich reiße die Tür auf und bin in unglaublicher Geschwindigkeit am Ausgang. Das große Tor steht weit offen. Auf den Hausmeister ist Verlass.

Ich renne hinaus. Durch das Tor in die Freiheit. In ein Leben voller Gefahren. Es ist niemand in Sicht, der sich vor mir durch das Tor werfen kann. Ich habe es geschafft. Jetzt muss ich nur noch erwachsen werden, dann bin ich Geheimagent. Ich bin auserwählt. Das weiß ich jetzt genau. Ich springe drei Stufen in einem Satz hinunter und reiße die Arme in die Luft. Ich fühle mich wie jemand, der gerade Weltmeister der Weltmeister geworden ist.

Unser Haus erkennt man sofort. Es steht in einer Straße, in der lauter kleine Häuser stehen. In jedem Haus wohnt immer nur eine Familie. Alle Häuser sehen aus wie frisch gestrichen und alle haben einen Rasen vor der Tür, kurz und grün, wie auf einem Fußballplatz. Zur Straße hin gibt es für jedes Haus einen Gartenzaun mit einem Gartentor. Da muss man durchgehen, wenn man rein oder raus will. Wir haben keinen Gartenzaun. Wir haben nur eine große Hecke. Die ist doppelt so hoch wie ich und wächst auf den Bürgersteig hinaus. Manchmal klingeln Leute bei uns und beschweren sich darüber. Papa erfindet dann eine Maschine, mit der das Heckenschneiden ein Kinderspiel ist. Damit geht er raus und fängt an die Hecke zu schneiden. Nach zehn Minuten geht die Maschine kaputt. Papa kommt wieder rein und hat die nächsten drei Stunden schlechte Laune. Wenn sich wieder jemand beschwert, erfindet er eine neue Maschine. Für Papa ist das ganz normal. Er erfindet ständig neue Sachen. Mein Papa ist ein verrückter Professor.

Im Moment ist die eine Hälfte der Hecke ganz kurz, so dass man den ganzen Bürgersteig sehen kann. Die andere Hälfte ist so wild wie ein Urwald. Ein Rollstuhlfahrer kommt da nicht mehr vorbei. Mitten in der Hecke ist ein Durchgang. Da geht es in den Vorgarten und zum Haus. Kein Gartentor, einfach nur ein Loch in der Hecke. Unser Haus sieht auch nicht aus wie frisch gestrichen. Es ist von oben bis unten bewachsen. Eigentlich ist es von unten nach oben bewachsen, es sind Kletterpflanzen. Sie kommen aus dem Boden und wachsen an der Wand hoch. Im Sommer sieht es aus, als wäre das

Haus nur aus Blättern gebaut. Bis auf die Fenster natürlich. Da passt Mama auf, dass die frei bleiben. Sie hat dafür extra eine Gartenschere. Die hat Papa nicht erfunden, die hat sie im Baumarkt gekauft.

Wenn im Herbst die Blätter abfallen, sieht man, dass es ein ganz normales Haus ist. Fußballrasen haben wir keinen. Bei uns wächst alles, wie es will. Eigentlich toll, nur mit Fußballspielen ist nichts. Sogar an den niedrigsten Stellen ist das Gras kniehoch.

Ich renne durch den Spalt zwischen den Hecken und springe die Stufen zur Haustür hoch. Zwei auf einmal. Unsere Haustür ist das Beste. Man braucht keinen Schlüssel, um sie zu öffnen. Stattdessen muss man auf einem Tastenfeld eine Zahlenkombination eingeben. Wie bei einem Tresor. Papa hat das gebaut, weil ich immer meinen Schlüssel verloren habe. Die Zahlenkombination ist mein Geburtsdatum, das kann ich nicht vergessen. Ich tippe die Zahlen in der richtigen Reihenfolge ein und höre, wie das Schloss aufschnappt.

Klack!

»Nichts kann mich aufhalten!«, rufe ich und springe in den Flur.

»Von wegen!«, ruft Mama zurück, als sie mich sieht. Dann rennt sie in die Küche.

Ich schmeiße meinen Turnbeutel in die Ecke und lasse meinen Rucksack von den Schultern rutschen. Ich renne auf die Treppe zu. In meinem Zimmer wartet schon eine Medaille, die ich mir zum Bestehen der zehnten Aufgabe verleihen muss. Außerdem muss ich meine weitere Karriere planen.

»Wirst du wohl stehen bleiben!«, ruft Mama.

Sie kommt wieder aus der Küche und versperrt mir den Weg. Sie hält eine Pfanne in beiden Händen. Bereit zum Schlag. Ich reiße den Mund auf und halte mir vor Schreck beide Hände davor. Bei normalen Kindern reicht eine Hand, aber ich kann meinen Mund so weit aufreißen, dass ich beide Hände brauche, um ihn abzudecken.

»Wie heißt die allererste Hausregel?«, fragt Mama und zuckt dabei bedrohlich mit der Pfanne.

»Schuhe aus, wenn man reinkommt«, antworte ich kleinlaut.

»Und wie ist die Strafe, wenn man sich nicht daran hält?«

»Ein Schlag mit der Pfanne, so dass man bis zum Mond fliegt«, sage ich und ziehe die Mundwinkel nach unten.

»Und wenn man das nicht will?«

»Dann muss man um Gnade flehen.«

»Also?«

»Ich fliege lieber zum Mond.«

Das ist das erste Mal, dass ich die Strafe annehme. Jetzt, wo ich kein Geheimagent werden kann, ist Astronaut das Nächstbeste.

»Gut«, sagt Mama, »aber zuerst die Schuhe aus. Auf dem Mond läuft man nur auf Socken.«

Ich ziehe die Schuhe aus.

»Jetzt komm mal mit.«

Mama nimmt mich an der Hand, als wenn ich ein kleines Kind wäre, und führt mich ins Wohnzimmer. Dort stellt sie einen Stuhl vor das große Fenster.

»Stell dich auf den Stuhl«, sagt sie.

»Geht nicht«, sage ich.

»Geht nicht?«, fragt sie erstaunt.

»Geht nicht«, wiederhole ich.

»Was ist daran so schwer?«

»Nichts«, sage ich, »das kann jedes Kind.«

»Also?«, fragt Mama und zieht die Augenbrauen so hoch, dass sie unter ihrem Pony verschwinden.

»Hausregel Nummer zwei«, sage ich. *»Stelle dich nie auf Stühle, denn sie sind zum Sitzen da.«*

Mamas Augenbrauen kommen wieder herunter.

»Das ist allerdings ein Problem«, sagt sie. »Es ist absolut wichtig, auf einem Stuhl zu stehen, wenn man mit der Pfanne auf den Mond geschickt wird.«

»Wir könnten eine Ausnahme machen«, schlage ich vor.

»Eine Ausnahme ist eine gute Idee. Aber . . .«, sagt Mama und spricht nicht weiter.

»Aber was?«, frage ich.

»Du weißt, wer gefragt werden muss, wenn es um Ausnahmen geht.«

»Papa«, sage ich. »Aber Papa ist bei der Arbeit.«

»Dann musst du ihn anrufen. Ohne Papa können wir nicht über eine Ausnahme entscheiden.«

Ich gehe zum Telefon und nehme den Hörer ab.

»Die Geheimnummer?«, frage ich.

»Die Geheimnummer«, sagt Mama und nickt.

Ich tippe 003. Es klingelt. Dreimal. Dann wird abgehoben.

»Hier spricht der verrückte Professor«, sagt Papa am anderen Ende.

Er meldet sich nicht immer so, nur wenn der Anruf

von uns ist. Er kann das an einem kleinen Lämpchen erkennen. Wenn das Lämpchen an seinem Telefon nicht leuchtet, heißt das, dass jemand anderes anruft. Dann sagt er einfach seinen Namen. Wie jeder normale Mensch auch.

»Hier ist Daniel«, sage ich, wie es jedes normale Kind tun würde, das Daniel heißt. Wäre ich Geheimagent, würde ich meinen geheimen Codenamen sagen. Ganz klar.

»Was gibt es denn, dass du mich hier stören musst? Ich bin mitten in einer Sache, die besonders wichtig ist.«

Papa ist immer mitten in einer Sache, die besonders wichtig ist.

»Wir haben ein Problem«, sage ich.

»Wer wir? Du und ich?«, fragt Papa.

»Mama und ich«, sage ich.

»Was für ein Problem?«

»Es geht um eine Ausnahme«, sage ich.

»Eine Ausnahme?«

Er klingt misstrauisch.

»Ja«, sage ich.

»Na gut, dann komme ich. Aber du musst auf alle Fälle warten. Nicht dass ich extra vorbeikomme und dann ist keiner da. Du darfst dich nicht bewegen, hörst du? Nicht mal den Hörer darfst du auflegen. Du bist aus Stein. Du bist so lange aus Stein, bis ich bei euch bin und dich am Ohr ziehe. Alles klar?«

Ich muss kichern. Papa kann ganz schön albern sein.

»Alles klar?«, fragt er nach.

Jetzt klingt er ernst.

»Alles klar«, sage ich und werde zu Stein.

Keine zehn Sekunden später wird die Kellertür aufgerissen und Papa kommt heraus.

Mama und ich schreien gleichzeitig vor Schreck auf.

»Was ist denn mit dir passiert?«, fragt Mama und hält sich die Hand vor den Mund. Das mit der Hand vor dem Mund ist eine Sache, die schon seit Generationen vererbt wird. Bei Mama reicht allerdings eine Hand, sie kriegt den Mund nicht so weit auf wie ich.

Papa kommt etwas schüchtern auf uns zu und reibt sich dabei über seine frische Glatze.

»Ich habe ein Gerät erfunden, mit dem man sich innerhalb von zwei Minuten kahl rasieren kann. Ich musste das Ding natürlich testen.«

»Deine schönen Locken«, sagt Mama.

»Wächst ja wieder nach«, sagt Papa.

»Wehe, wenn nicht«, sagt Mama.

»Nun aber zu dir«, sagt Papa und bohrt mir einen Finger zwischen die Rippen. Ich quietsche und springe einen Schritt zurück.

»Das nennst du *zu Stein erstarren?* Das nennst du *dich nicht bewegen?* Du zappelst ja schlimmer herum als Wackelpudding.«

Er schnipst einmal mit den Fingern und ich erstarre sofort wieder zu Stein. Dann zieht er mich am Ohrläppchen. Jetzt darf ich mich bewegen und den Hörer auflegen.

»Also«, sagt er, »um welche Ausnahme geht es?«

Ich ziehe ihn zum Stuhl und erkläre die Sache mit der Pfanne und dem Schlag zum Mond und dass ich dafür auf den Stuhl steigen muss, was ja eigentlich verboten ist.

»Das ist in der Tat ein Problem«, sagt Papa und reibt sich am Kinn.

»Meinst du, wir können eine Ausnahme machen?«, sagt Mama.

»Ich weiß nicht«, murmelt Papa und betrachtet mich von oben bis unten.

Plötzlich greift er mir unter die Achseln und hebt mich einmal ganz hoch, fast bis zur Decke. Er hat Bärenkräfte. Ich kenne niemanden, der stärker ist. Er setzt mich wieder ab. »Du wiegst doch mindestens vierzig Kilo«, sagt Papa.

»Mindestens«, gebe ich ihm Recht.

»Wenn Mama dich mit der Pfanne im falschen Winkel trifft, wird der Stuhl doppelt belastet und du fliegst nicht zum Mond, sondern durch das Fenster ins nächste Blumenbeet. Tut mir Leid. Das Risiko ist zu groß. Das hier ist unser bester Stuhl. Außerdem bist du unser einziger Sohn, und wenn wir dich nicht sicher zum Mond schicken können, behalten wir dich lieber hier.«

»Und dafür, dass wir dich hier behalten«, sagt Mama, »darfst du Eimer und Lappen holen und den Dreck im Flur selber wegmachen. Oder möchtest du vielleicht doch lieber um Gnade flehen?«

Ich überlege nicht lange, sondern nehme das Angebot an. »Alles klar«, sage ich und renne in die Küche, um einen Eimer mit Wasser zu füllen. Um Gnade zu flehen ist einfach das Letzte für einen Geheimagenten. Papa geht zurück in seinen Keller und Mama stellt sich in die Küchentür, um mir bei der Arbeit zuzusehen. Sie liebt es, wenn andere Leute arbeiten müssen. Wenn ich das bin, freut sie sich besonders.

Während ich mit dem Wischmopp durch den Flur sause, mache ich Robotergeräusche. Das ist, als wenn eine Maschine die Arbeit machen würde und nicht ich. Das ist halbe Arbeit und doppelter Spaß. Außerdem bin ich ganz froh, dass ich noch nicht zum Mond muss. Ich bin einfach noch zu jung. Niemand wird mit zehn Jahren Astronaut. Auch dann nicht, wenn er durch Wände gehen kann.

Typisch Mädchen

Gegessen wird bei uns in der Küche. Hier sieht es aus wie bei allen Leuten, denn hier herrscht Erfindungsverbot. Papa darf keine seiner Erfindungen hierher bringen und schon gar nicht benutzen.

»Deine Erfindungen machen mehr Dreck und Arbeit, als sie am Ende Nutzen bringen«, hat Mama zu Papa gesagt und dabei ist es geblieben. Papa hat eine eigene Küche im Keller. In Mamas Küche darf er nicht einmal kochen. Dabei kocht er sehr gerne.

»Kocht Papa heute?«, frage ich Mama.

»Ich konnte ihn nicht davon abbringen«, sagt sie.

Wir sitzen am Küchentisch und trinken Apfelschorle. Teller und Besteck sind schon auf dem Tisch. Nur das Essen fehlt noch. Das Essen und Papa natürlich. Mama nimmt sich eine Gabel und fängt an einen langweiligen Takt auf den Tisch zu klopfen. Bevor mir Mama mit dem Geklopfe so richtig auf die Nerven gehen kann, fliegt die Kellertür auf und Papa kommt in die Küche stolziert.

»Heute gibt es Kartoffelauflauf«, sagt er und stellt eine flache Schale auf den Tisch. Sie dampft wie ein Vulkan und ist sicherlich genauso heiß.

»Na endlich«, sagt Mama, »ich bin am Verhungern.« Sie nimmt ihren Löffel und will ihn gerade in den Auflauf stechen, als Papa ihren Arm festhält.

»Nein«, sagt er, »warte einen Moment.«

»Sollen wir etwa beten?«, fragt Mama, und es ist klar, dass sie das nicht ernst meint. In unserem Haus hat noch nie jemand gebetet.

»Passt mal auf«, sagt Papa und zeigt auf das Essen. »Normalerweise pappt doch der Auflauf immer an der Form fest, oder? Ich habe deshalb einen Draht in die Form eingebaut, mit dem man den Auflauf ganz einfach von der Form trennen kann. Man muss nur an diesem Ring hier ziehen. Achtung. So und so und so und so.«

Papa rührt wie wild mit dem Draht in der Form herum. Ich hoffe, dass er fertig ist, bevor der Auflauf kalt wird. Mein Magen ist ein großes Loch, das nach heißem Essen ruft.

»So. Fertig«, sagt Papa stolz. Jetzt ist der Auflauf nicht nur gelöst, sondern auch in gleich große Portionen unterteilt. Leider kann man den Draht nur einmal benutzen. Aber ich arbeite noch daran.«

»Also wenn ihr mich fragt«, sagt Mama, »mir ist der Appetit vergangen.«

»Wieso das?«, fragt Papa.

»*Wieso,* fragst du?«

»Ja, wieso? Ist doch toll.«

»Die Vorstellung, dass jemand einen Draht ins Essen tut, da vergeht mir alles. Wer weiß, wo der Draht vorher gewesen ist, wie ich dich kenne, ist er aus unserer alten Waschmaschine.«

»Mensch, bist du pingelig«, sagt Papa.

»Wenn ihr euch jetzt *nicht* streitet, verrate ich ein Geheimnis«, sage ich und nehme mir die erste Portion Auflauf.

»Wir streiten doch gar nicht«, sagt Mama.

»Was für ein Geheimnis?«, fragt Papa.

»Wenn ich erwachsen bin, werde ich Geheimagent«, sage ich. »Das hat sich heute entschieden.«

»Das ist doch kein Geheimnis«, sagt Mama.

»Na eben, du redest doch seit Wochen von nichts anderem«, sagt Papa.

»Bisher hatte ich immer nur gehofft vielleicht mal Geheimagent zu werden. Aber heute hat es sich entschieden. Ab heute weiß ich genau, dass ich Geheimagent werde«, sage ich.

»Geheimagent«, sagt Papa, »bist du dir sicher?«

»Geheimagent«, sage ich, »das ist sicherer als sicher.«

»Das ist aber gefährlich«, sagt Mama.

»Typisch Mädchen«, sagt Papa.

Mama gibt ihm dafür einen Klaps auf die Glatze und sagt: »Man wird aber nicht von heute auf morgen Geheimagent. Und schon gar nicht, wenn man da mit leerem Magen rangeht.«

»Aber«, sage ich.

»Aber«, sagt Papa.

»Erst essen, dann könnt ihr reden«, sagt Mama und tut sich eine doppelte Portion auf den Teller.

»Wie stellst du dir das vor?«, sagt sie nach dem ersten Bissen. »Kinder als Geheimagenten, so etwas gibt es doch gar nicht.«

»Darum werde ich ja auch erst Geheimagent, wenn ich erwachsen bin«, sage ich mit vollem Mund.

Papa kaut erst einmal zu Ende, dann sagt er: »Bis dahin musst du aber eine Menge üben. Das ist eine ernste Sache. Du musst dich vorbereiten.«

»Hör nicht auf deinen Vater«, sagt Mama. »Warte, bis du erwachsen bist, und bereite dich jetzt lieber auf die Mathearbeit am Montag vor.«

Das ist typisch für Mama. Immer wenn wir Männersachen bereden, ist sie eingeschnappt und fängt mit Schule oder Aufräumen an. Ich tue dann immer, als hätte sie gar nichts gesagt. Damit sie jetzt nicht gleich wieder mit dem Essen drängelt, schaufle ich mir schnell ein paar Gabeln voll Auflauf in den Mund. Erst als ich den Teller zur Hälfte leer habe, frage ich weiter: »Wie bereitet man sich denn vor, wenn man Geheimagent werden will?«

Papa verzieht das Gesicht, als hätte ich ihn etwas sehr Schweres gefragt, dann nickt er und sagt: »Man muss sich in der Agentenzentrale melden. Das ist der Anfang, denke ich. Und dort kriegt man dann einen geheimen Trainingsauftrag, den man erfüllen muss.«

»Habe ich schon gemacht«, sage ich und winke mit der Hand durch die Luft, als wäre das Kinderkram. »Zehn Aufgaben und zehnmal bestanden. Daher weiß ich ja überhaupt nur, dass ich Geheimagent werde.«

Papa sieht erstaunt aus. Er guckt, als hätte ich gerade den höchsten Berg der Welt bestiegen. Und zwar auf einem Bein. Mama seufzt.

»Woher wusstest du denn, wo die Agentenzentrale ist?«, fragt er.

Mama seufzt noch einmal. Ganz laut und falsch. Als sie keiner beachtet, fängt sie an das Geschirr abzuräumen.

»Ich war nicht in der Agentenzentrale«, sage ich. »Die Aufgaben habe ich mir selber gestellt.«

»Ach so«, sagt Papa und winkt ab, »das ist nur die erste Phase gewesen. In der zweiten Phase musst du dreimal drei Aufgaben lösen und die Aufgaben bekommst du von der Agentenzentrale.«

»Und wo ist die Agentenzentrale?«, fragt Mama, während sie die Spülmaschine einräumt.

Das Gleiche wollte ich auch gerade fragen.

»Keine Ahnung«, sagt Papa. »Ich bin nur ein verrückter Professor und kein Geheimagent. Aber ich kenne jemanden, der schon mit Agenten zu tun gehabt hat.«

»Ehrlich?«, frage ich.

»Seit wann denn das?«, fragt Mama und drückt mit dem Hintern den Geschirrspüler zu.

»Kenn ich den? Wer ist es denn?«, frage ich und werde ganz zappelig.

»Opa«, sagt Papa und meint damit seinen eigenen Vater.

»OPA???«, fragen Mama und ich gleichzeitig.

»Allerdings, Opa. Wenn ihr mir nicht glaubt, ruft ihn doch an und fragt ihn.«

»Nö, schon gut, wir glauben dir«, sage ich.

Mit Opa zu telefonieren ist kein Spaß.

»Wir glauben dir gar nicht«, sagt Mama. »Du weißt genau, dass niemand freiwillig bei Opa anruft. Du lügst mal wieder, dass einem die Ohren klingeln.«

Mama verdächtigt Papa ständig. Sie glaubt, Papa schwindelt, sobald er den Mund aufmacht, aber beweisen kann sie es so gut wie nie.

»Dann ruf ihn an und frag ihn selbst, aber anschließend will ich eine Entschuldigung von dir hören, und zwar auf Knien.«

Papa kippelt zufrieden mit seinem Stuhl so weit nach hinten, dass es gefährlich aussieht.

»Diesmal kommst du nicht davon«, sagt Mama und greift sich das Telefon.

Papa und ich gucken uns verdutzt an. Damit haben wir beide nicht gerechnet. Mama tippt die Nummer in den Hörer und hält ihn Papa hin.

»Du redest zuerst mit ihm, frag, ob er seine Agentenbeziehungen spielen lassen kann.«

Papa zuckt mit den Schultern und drückt sich den Hörer ans Ohr.

»Hallo, Papa. Ja, ich bin es. Hör mal, es geht um Daniel. Genau, tolles Wetter und keine Wolken am Himmel. Ganz genau, beste Voraussetzungen. Gibt bestimmt eine prima Ernte. Ja, die steht neben mir. Ja, mach ich. Ja, alles klar.« Papa hält Mama das Telefon hin.

»Opa? Ja, hier ist . . .«

Weiter kommt sie nicht. Sie setzt noch ein paar Mal zum Sprechen an, doch Opa lässt Mama nicht zu Wort kommen.

»Ja, ist gut. Sonntag zum Mittag. Okay. Tschüs«, sagt sie schließlich und legt auf.

»Siehst du, da hast du den Beweis«, sagt Papa.

»Was für einen Beweis? Opa hat kein Wort von Agenten gesagt und du übrigens auch nicht.«

»Das war natürlich ein geheimer Code, in dem wir gesprochen haben; oder glaubt ihr, über so was kann man einfach so am Telefon reden?«

Da hat Papa natürlich zweifellos Recht und würde ich Opa nicht kennen, würde ich ihm jetzt glauben. Auch

Mama kennt Opa gut genug und deshalb schüttelt sie nur den Kopf und sagt: »Opa hat ganz sicher in keinem Geheimcode geredet. Er war nur völlig aufgedreht, weil er einen alten Kriegskameraden getroffen hat. Die haben die ganze Nacht über alte Zeiten gequasselt. Außerdem sind wir am Sonntag bei ihm zum Essen eingeladen.«

»Ganz klarer Geheimcode. Das bedeutet, dass Opa sich freut, bald einen Geheimagenten als Enkel zu haben, und dass er Kontakt zu seinen alten Agentenfreunden aufnimmt und dass wir das am Sonntag bei einem tollen Essen feiern werden.«

»Muss ich da mitkommen?«, frage ich.

»Klar kommst du mit«, sagt Papa. »Immerhin bist du der Grund für das Festessen.«

»Ich glaube, du redest Quatsch. Da stimmt doch kein Wort von.«

»Und wenn schon«, sagt Papa, »du kommst trotzdem mit. Egal, ob du mir glaubst oder nicht.«

»Männo«, sage ich und ziehe ein Gesicht.

»Wird schon nicht so schlimm werden. Wenn Opa in Stimmung ist, erzählt er vielleicht eine Agentengeschichte. Außerdem kocht er normalerweise ganz gut.«

»Das Essen sollen wir selber mitbringen«, sagt Mama. »Er hat angeblich so viel zu tun, dass er sich darum nicht kümmern kann.«

»Ganz klar, so eine Anmeldung bei der Agentenbasis macht ja auch eine Menge Arbeit«, sagt Papa und grinst.

»Wenn du noch ein Wort über Geheimcode oder anderen Agentenquatsch verlierst, kannst du die nächste

Woche im Keller schlafen«, sagt Mama und klingt plötzlich sehr ernst.

Papa merkt wohl auch, dass sie kurz davor ist, richtig sauer zu werden, denn er presst die Lippen aufeinander, hebt beschwichtigend die Hände und verzieht sich mit der Auflaufform zurück in den Keller.

Mama hat bestimmt Recht. Dass Opa echte Geheimagenten kennt, ist absoluter Blödsinn. Papa schwindelt wahrscheinlich doch öfter, als ich dachte. Ich werde ihn in nächster Zeit genau beobachten. Das wird ein erstklassiges Training. Ein Agent braucht ein todsicheres Gespür für die Wahrheit. Eine Lüge muss er mit verstopfter Nase riechen können.

Licht aus, ohne Schalter

Die Wände in meinem Zimmer sind gelb und grün. Zwei Wände sind gelb und zwei sind grün. Das habe ich mir selber ausgesucht. Erst wollte ich alle Wände grün, aber Mama hat gesagt:

»Das ist zu dunkel und davon wird man traurig.«

Obwohl ich nur einer bin, habe ich ein doppeltes Bett. Genauer gesagt zwei Betten übereinander. Da kann ich mir aussuchen, ob ich unten oder oben schlafen möchte. Meist schlafe ich oben. Einmal, weil es Spaß macht, die Leiter hochzuklettern, und dann natürlich, weil ich unten immer Zeug draufschmeiße. Spielzeug und Klamotten. Wenn ich unten schlafen will, muss ich erst das Bett freiräumen. Das überlege ich mir meist dreimal. Außer dem Bett habe ich noch einen riesigen Schrank. Er ist genauso breit wie die Wand und auch fast so hoch. Er hat drei Türen, alle mit einem großen Spiegel dran. Wenn man nicht weiß, dass das ein Schrank ist, könnte man denken, dass da einfach nur drei große Spiegel stehen. Durch die Spiegel sieht mein Zimmer doppelt so groß aus. Das ist eine tolle Sache. Ich habe mir den Schrank zu Weihnachten gewünscht. Mama fand das einen merkwürdigen Wunsch. Sie hat gesagt: »So was wünscht sich doch kein Kind. Das ist ein Erwachsenenwunsch.«

Deshalb wollte ich den Schrank erst recht. Ich musste

ganz schön quengeln, um ihn zu kriegen. Ich kann gut quengeln. Richtig nervig. Das ist zwar anstrengend, aber es lohnt sich.

Drei Türen. Links und rechts habe ich meine Spielsachen eingeräumt. Hinter dem mittleren Spiegel sind meine Anziehsachen. Einräumen tue ich die frische Wäsche alleine. An den Schrank darf niemand ran. Nur ich.

Bevor ich schlafen gehe, stelle ich mich vor die Spiegelwand und spanne alle meine Muskeln an. Viel ist nicht zu sehen. Das muss sich ändern. Ich weiß nur noch nicht wie. Liegestütze sind langweilig. Außerdem schaffe ich immer nur einen und dann muss ich mich auf den Bauch legen und ausruhen. Das dauert ewig, bis ich aussehe wie Superman.

Heute will ich unten schlafen. Ich nehme alle Sachen, die auf dem unteren Bett liegen, und werfe sie auf das obere. Das geht schneller, als ich dachte. Die Decke ist voller Krümel. Ich ziehe sie herunter und schüttle sie aus. Mama öffnet leise die Tür und kommt herein.

»Na, noch nicht im Bett?«

»Bin gerade dabei«, sage ich und springe schnell auf die Matratze. Die Decke lasse ich auf dem Boden liegen. Mama hebt sie auf und schüttelt sie zurecht. Ich lege mich ganz steif und gerade hin, die Arme an die Seiten gepresst. Papa ist ein grausamer Zudecker. Er macht einfach nur ein Knäuel aus der Decke und wirft sie mir ins Gesicht. Mama ist dagegen die Meisterin. Sie hat eine spezielle Art zu werfen. Es ist, als würde die Decke für einen Moment in der Luft schweben. Wie eine Wolke, die auf einen herabsinkt. Danach setzt sich Mama auf den Bettrand und streicht mir die Haare aus der Stirn.

»Na, dann schlaf jetzt schön.«

Sie gibt mir einen Kuss auf die Nase.

»Na klar«, sage ich.

Sie macht die Nachttischlampe aus und steht auf. Jetzt scheint nur noch ein wenig Licht durch die angelehnte Zimmertür. Ich überlege, ob ich mit ihr über Opa reden sollte, doch da ist sie schon aus dem Zimmer und hat die Tür geschlossen.

Soweit ich mich erinnern kann, war Opa immer irgendwie merkwürdig. Deshalb glaube ich Papa die Geschichte mit den Agenten auf keinen Fall.

Ich habe aber auch wirklich Pech. Ein Opa, der nicht ganz normal ist, ein Vater, der immer schwindelt, und eine Mutter, die sich kein Stück für Agenten interessiert. Da muss ich wohl auf ein Wunder hoffen, um mit so einer Familie trotzdem noch Geheimagent zu werden. Und als ob das noch nicht genug ist, habe ich heute auch noch Probleme mit dem Einschlafen.

Nachdem ich mich kreuz und quer durch das Bett gewälzt habe, versuche ich es mit dem ältesten Trick. Ich stelle mir vor, wie Schafe über einen Zaun springen. Ich zähle sie. Todlangweilig. Schläft man garantiert von ein. Sofort.

Klappt nicht.

Anstatt der Schafe stelle ich mir Lehrer vor. Sie springen über den gleichen Zaun. Da kommt Frau Zotte, meine Deutschlehrerin. Sie hat wie immer ein langes Kleid an.

Das schafft die nie.

Sie springt und bleibt hängen. Natürlich. Landet auf der anderen Seite voll im Matsch. Von oben bis unten. Das ist zwar nicht mehr langweilig, aber einschlafen tue ich deshalb auch nicht.

Ich liege einfach nur so da. Mit geschlossenen Augen. Keine Ahnung, wie lange. Es ist schwer zu sagen, wie schnell die Zeit vergeht, wenn man die Augen geschlossen hat. Genauso schwer ist es zu sagen, wann der Moment da ist, wo man wirklich einschläft. Es ist wie Licht ausmachen, ohne einen Schalter zu drücken. Eben ist das Licht noch an und mit einem Mal: plopp!

Dunkelheit.

Auch Geheimagenten brauchen Schlaf

Ein ungewohntes Geräusch weckt mich. Als Erstes sind meine Ohren wach. Ich liege noch da, als ob ich schlafen würde. Meine Augen sind geschlossen. Schon wieder das Geräusch. Es ist nicht der Wecker. Der Wecker macht kein komisches Geräusch. Es ist nicht sehr laut. Ich bin nicht aufgewacht, weil es laut ist. Ich bin aufgewacht, weil es ungewohnt ist. Dieses Geräusch gab es bisher nicht in meinem Zimmer. Es ist ein Kratzen und Knarren. Es ist unheimlich. Es ist so unheimlich, dass ich mir die Decke über den Kopf ziehe.

Vielleicht ist es ein Einbrecher.

Ich habe mir oft vorgestellt, was ich mache, wenn nachts ein Einbrecher in mein Zimmer kommt. Decke über den Kopf und nicht bewegen. Das ist, als ob er nicht da wäre. Ganz klappt das nicht, denn hören tue ich ihn trotzdem noch.

Da ist es wieder: Kratzen und Knarren. Es kommt von meinem Schrank. Jetzt kann ich nicht weiter so tun, als ob nichts wäre. Ich muss sehen, was da los ist. Immerhin geht es hier um meinen Schrank.

Vorsichtig hebe ich die Bettdecke an. Nur so weit, dass ich herausgucken kann. Ein ganz kleines bisschen nur. Von draußen sieht das bestimmt keiner.

Es ist noch Nacht und im Zimmer ist es ziemlich dunkel. Trotzdem erkenne ich genug, denn vom Schrank her kommt etwas Licht. Da ist wirklich jemand. Mit einer Taschenlampe. Er hockt an der rechten Ecke des Schrankes und die Taschenlampe liegt auf dem Boden. Jetzt knarrt es wieder. Der will meinen Schrank klauen. Er nimmt ihn auseinander und schleppt ihn weg. Jede Wette. Das darf nicht sein. Das muss ich verhindern.

Der Dieb ist bestimmt sehr stark, wenn er versucht alleine mit meinem Schrank fertig zu werden. Aber wenn ich mich auf ihn stürze und ganz viel Krach mache, kommen bestimmt gleich Mama und Papa. Zu dritt werden wir schon mit ihm fertig.

Leise gleite ich aus dem Bett. Ich nehme meine Decke und schleiche mich von hinten an den Einbrecher. Er versucht so sehr, meinen Schrank auseinander zu nehmen, dass er mich gar nicht bemerkt. Als ich genau hinter ihm stehe, werfe ich meine Decke über ihn und springe auf seinen Rücken. Dabei schreie ich lauter, als ein Kind jemals auf der Welt geschrien hat. Und ich lasse meine Fäuste auf den Einbrecher niedersausen. So fest ich kann. Vielleicht schreit auch er. Ich weiß es nicht, denn ich schreie auf alle Fälle lauter. Ich schreie und schlage auch dann noch, als ich gepackt und nach hinten gezogen werde.

»He, Daniel, hör auf«, sagt Mama. Sie sagt es ruhig, aber so, dass man gehorchen muss.

»Ein Einbrecher. Ich habe einen Einbrecher gefangen!«, rufe ich.

Mama lässt mich los und macht das Deckenlicht an. Wir gucken beide auf meine Bettdecke und den Einbrecher, der darunter liegt. Er bewegt sich. Er richtet sich auf und die Decke rutscht auf den Boden.

»Papa«, sage ich überrascht.

Mein Papa ist ein Einbrecher.

»Hier bist du also«, sagt Mama.

Mama ist überhaupt nicht überrascht. Sie ist fast nie überrascht. Nur wenn ich ihr selbst gebastelte Strohsterne zu Weihnachten schenke, dann tut sie, als wäre es die größte Überraschung, die es überhaupt gibt.

»Seid nicht so laut«, sagt Papa. Er selber flüstert und wedelt mit den Händen, als wollte er unseren Lärm vertreiben.

»Warum sollen wir leise sein?«, frage ich. Ich flüstere jetzt auch.

»Ja, warum?«, fragt Mama. »Wir sind doch schon alle wach.«

Auch sie flüstert.

»Weil ich eine geheime Mission zu erfüllen habe«, sagt Papa. Er hockt immer noch auf dem Boden. Er macht sich ganz klein, so als würde die Mission dadurch noch geheimer werden.

»Aber du bist doch gar kein Geheimagent«, sage ich.

Ich sage es nicht leise, ich platze damit laut heraus. Wenn hier einer geheime Missionen erfüllen muss, dann bin ich das und nicht irgendein verrückter Professor, der gar nicht Geheimagent ist.

»Psst!«, macht Mama.

»Psst!«, macht Papa.

»'tschuldigung«, flüstere ich.

»Opa hat seine Hausaufgaben schneller gemacht, als ich dachte«, sagt Papa.

»Fang nicht wieder mit Opa an«, sagt Mama warnend.

»Irgendjemand muss sich jedenfalls mit der Zentrale in Verbindung gesetzt haben. Hier, seht selbst.«

Papa zieht einen Briefumschlag aus der Hemdtasche und reicht ihn mir.

Der Umschlag ist schon offen. Ich ziehe ein Stück Papier heraus und falte es auf. Obwohl mein Mund ganz weit aufklappt, kriege ich für einen Moment keine Luft mehr. Ganz oben auf dem Brief steht:

AGENTENZENTRALE
DIVISION I

An den Verrückten Professor

Richten Sie eine Agentenbasis in Daniels Zimmer ein. Am besten hinter dem Schrank. Ein Geheimbote wird noch heute Nacht ein Paket abgeben. Es darf nur von Daniel persönlich und nur in der neuen Agentenbasis geöffnet werden. Der Inhalt ist streng geheim.

Wir verlassen uns auf Sie.

Der General der Agenten

Neben der Unterschrift ist ein verwischter Stempel und ein Siegel aus rotem Wachs mit einem Adler darauf.

»Wow. Oh, Mann«, sage ich und merke, wie mein Herz auf doppelte Geschwindigkeit schaltet.

»Was steht drin?«, fragt Mama und nimmt mir den Brief weg, um ihn selbst zu lesen.

»Na, wo gibt's denn so was?«

Sie schüttelt ungläubig den Kopf.

»Was meinst du?«, frage ich und nehme ihr den Brief wieder weg.

»Das ist eine Frechheit, uns die ganze Arbeit aufzuladen. Das bezahlt uns doch bestimmt kein Mensch.«

»Warum auch«, sagt Papa, »es geht hier immerhin um Daniels Ausbildung. Die ist ja wohl nicht unwichtig. Da können wir ruhig mal ein Opfer bringen. Außerdem ist das doch keine große Sache.«

Mama guckt uns an, als ob Papa und ich beschlossen hätten, den Rest unseres Lebens auf dem Kopf zu stehen.

»Eine Agentenbasis in unserem Haus einzurichten ist also keine große Sache?«

»Kinderkram«, sagt Papa.

»Na, dann könnt ihr das ja alleine machen. Ich gehe wieder ins Bett. Viel Spaß.«

Mama wartet gar nicht ab, ob wir sie vielleicht überreden wollen. Sie winkt kurz zum Abschied und verschwindet durch die Tür.

»Schaffen wir das wirklich alleine?«, frage ich Papa.

»Hoffentlich«, sagt Papa und macht ein Gesicht, das mit Hoffnung rein gar nichts zu tun hat.

Den riesigen Schrank von der Wand wegzubewegen ist überhaupt kein Kinderkram. So wie er jetzt hier steht, ist er viel zu schwer, als dass man ihn einfach hervorziehen könnte. Papa hat deshalb einen Wagenheber zu einem Schrankheber umgebaut. Damit kann man eine Ecke ein Stückchen anheben und ein Rollbrett darunter schieben. Ein Rollbrett ist sozusagen ein Skateboard für Möbel. Wir schieben insgesamt drei dieser Rollbretter unter den Schrank. Rechts, links und in der Mitte.

»So«, sagt Papa, »jetzt müssen wir gleichzeitig kräftig

ziehen. Du ziehst hier und ich gehe rüber, auf die andere Seite.« Wir zählen bis drei, dann zerren wir den Schrank mit allen Kräften von der Wand weg.

Wir kommen etwa fünf Zentimeter weit. Das heißt, Papa kommt fünf Zentimeter weit. Auf meiner Seite hat sich der Schrank keinen Millimeter bewegt. Dafür hat er sich jetzt zwischen den beiden Wänden verkantet und steckt fest.

»Das ist dumm«, sagt Papa. »Ich glaube, wir haben ein Problem.«

In diesem Moment klingelt es an der Haustür.

»Der Geheimbote!«

Ich springe auf und renne in Orkangeschwindigkeit aus dem Zimmer und die Treppe hinunter.

»Warte!«

Papa ist nicht ganz so schnell. Er hat Angst, dass ich mitten in der Nacht einfach die Tür öffnen könnte. Dann würden Entführer und Einbrecher in das Haus stürmen und mich und alles Wertvolle mitnehmen. So tut Papa jedenfalls immer.

Ich gucke durch den Türspion.

»Und?«, fragt Papa.

»Nichts zu sehen«, antworte ich.

Ich lasse ihn auch mal durchgucken. Da keine verdächtigen Geräusche zu hören sind, wagen wir es, die Tür zu öffnen. Niemand ist da.

Der Geheimbote hat so viel Zeit gehabt abzuhauen, dass er wahrscheinlich schon kurz vor der chinesischen Grenze ist, aber er hat uns etwas dagelassen. Besser gesagt hat er mir etwas dagelassen. Er hat seine Lieferung gemacht. Ein Paket steht vor der Tür.

»Wow!«

Es ist ganz schön groß und anscheinend sehr schwer, denn Papa kriegt einen hochroten Kopf, als er es hochhebt und ins Wohnzimmer trägt. Ich hole die große Haushaltsschere aus der Küche, und als ich zurück ins Wohnzimmer komme, steht Mama neben dem Paket und guckt es sich an, als hätte sie es noch nie zuvor gesehen.

Plötzlich weiß ich, was hier gespielt wird.

Wenn man sich meine Eltern so anguckt, könnte man meinen, sie wären hoch bezahlte Schauspieler. Papa, der mitten in der Nacht in mein Zimmer schleicht und an meinem Schrank herumfummelt, weil ihm der General der Agenten einen Brief geschrieben hat. Das ist schon ziemlich gut. Aber Mama, die sich unter einem Vorwand aus meinem Zimmer stiehlt, um dann heimlich an der Haustür zu klingeln, und jetzt verwundert darüber ist, dass dieses Paket plötzlich in unserem Wohnzimmer steht. Das ist einsame Spitze. Ich würde nur gerne wissen, wie Papa Mama dazu gebracht hat mitzuspielen. Vielleicht musste er versprechen, Opa aus der Sache rauszuhalten.

»Was willst du mit der Schere?«, fragt Papa und stellt sich zwischen mich und das Paket.

»Ich will das Paket aufmachen. Was sonst?«

Papa guckt mich an, als ob ich im Sommer einen Schneemann bauen wollte. Sogar Mama macht ein Gesicht, als ob das eine dumme Idee wäre.

Ich fasse mir an den Kopf. Wie blöd von mir. Natürlich ist es eine dumme Idee. Der General der Agenten hat es extra im Brief geschrieben. Ich darf das Paket erst in der Agentenbasis öffnen. Ich hoffe, ich halte es so lange noch aus, denn wenn Mama uns nicht hilft, kann das noch ewig dauern.

»Das kann noch ewig dauern«, sage ich zu Papa. »Alleine kriegen wir den Schrank doch keinen Millimeter weit.«

»Ach, ich dachte, das wäre Kinderkram, so eine Agentenbasis zu bauen«, sagt Mama.

»Etwas Hilfe könnten wir schon gebrauchen«, gibt Papa zu und dann gucke ich Mama bettelnd an, so dass sie gar nicht Nein sagen kann.

»Ist gut«, sagt sie, »aber nur, wenn ich die Arbeit einteilen darf.«

»Kein Problem«, sagt Papa und auch ich nicke.

»Sehr schön«, sagt Mama und reibt sich freudig die Hände. »Papa und ich bauen die Basis, während du in die Küche gehst und einen heißen Kakao machst. Außerdem für jeden sein Lieblingssandwich. Wir werden eine Stärkung nötig haben, wenn wir hier fertig sind.«

»So machen wir es«, sagt Papa.

Bevor ich etwas sagen kann, hat mich Mama schon in die Küche geschoben. Die beiden gehen nach oben in mein Zimmer und ich mache mich an die Arbeit. Ich hole alles, was ich brauche, und baue es auf dem Tisch auf. Papa kriegt ein Erdnussbutter-Tomaten-Sandwich, Mama liebt Erdnussbutter mit Mayonnaise, Nutella und Paprikapulver obendrauf und ich mache mir ein einfaches Butterbrot mit etwas Salz. Mamas Sandwich würde ich in einer Million Jahren nicht essen, nicht einmal, wenn es sonst nur Regenwürmer zu essen gibt. Papas Sandwich würde ich essen, wenn es sonst nur noch Regenwürmer zu essen gibt, und mein Butterbrot mit Salz würde ich am liebsten immer essen. Zehn Jahre lang Butterbrot mit Salz und gar nichts anderes. Das wäre kein Problem.

Jetzt noch der Kakao. Während die Milch auf dem Herd heiß wird, renne ich ins Wohnzimmer und gucke mir noch einmal das Paket an. Es steht auf dem Fußboden und geht mir fast bis zur Hüfte. Mit beiden Armen kann ich es garantiert nicht umfassen. Ich probiere es. Geht nicht. Das Paket ist in braunes Packpapier eingewickelt und mit einer dicken Schnur zugebunden. Die Schnur hat oben eine Schlaufe, damit man es besser tragen kann. Ich kann das Paket anheben, aber nur zwei oder drei Zentimeter. Damit komme ich keinen Schritt weit. Aus meinem Zimmer höre ich Mama und Papa stöhnen und ächzen. Außerdem knarrt und quietscht es. Junge, bin ich gespannt.

Ich renne zurück in die Küche und komme gerade noch rechtzeitig. Die Milch schäumt schon. Fast wäre sie übergekocht. Das hätte eine Schweinerei gegeben. Ich rühre das Kakaopulver hinein und gebe noch ein paar Teelöffel Zucker dazu. Ich lasse den fertigen Kakao noch einmal kurz aufkochen. Dann schmeckt er besser. Mama sagt, das macht keinen Unterschied. Finde ich nicht.

Von oben höre ich jetzt, wie irgendetwas gesägt wird. Sie werden doch nicht ein Stück von meinem Schrank abschneiden! Nein. Sie wissen, wie wichtig er mir ist. Eher sägt Papa ein Loch in das Dach und lässt es ein Jahr lang reinregnen.

Ich gieße den Kakao in die Milchkanne und stelle ihn zusammen mit den Broten auf ein Tablett. Jetzt höre ich einen Staubsauger. Das ist ein gutes Zeichen. Lange kann es nicht mehr dauern. Alles, was ich nicht mehr brauche, räume ich weg und renne noch einmal ins Wohnzimmer. Ich will sehen, ob ich das Paket noch etwas höher heben kann. Beim Rennen mache ich mit dem Mund Motorgeräusche und kurz bevor ich stehen bleibe, gibt es quietschende Bremsen.

Oh, Schreck. Das Paket ist weg. Sofort renne ich zur Treppe. Ohne Motorgeräusch, denn Lichtgeschwindigkeit ist lautlos. Mama und Papa tragen gerade das Paket über den Flur und verschwinden damit in meinem Zimmer. Der Geheimbote muss unglaublich stark gewesen sein, wenn er das Paket alleine gebracht hat. So stark wie Mama und Papa zusammen, wetten?

Auf dem Weg in die Küche gibt es wieder Motorgeräusche. Ich nehme das Tablett und steige langsam die Treppe hoch. Die Tür zu meinem Zimmer ist geschlossen. Ich trete mit dem Fuß dagegen und rufe: »Ich habe beide Hände voll! Tür aufmachen!«

»Moment noch«, sagt Mama.

Ich höre es drinnen rascheln und rumoren. Sehr geheimnisvoll. Dann kommt ein Geräusch, das ich kenne. Eine von meinen Schranktüren wird geschlossen. Kurz darauf macht Mama die Zimmertür auf. Ein Glück. Ich hatte schon Angst, mir würden die Arme abfallen. So ein Tablett ist auf Dauer ganz schön schwer.

Mein Zimmer sieht aus wie immer, nur etwas kleiner. Mama und Papa haben es geschafft, den Schrank vorzuziehen. Das ist mal klar. Dahinter ist jetzt ein kleiner

Raum entstanden. Auch das ist klar. Dieser Raum ist die Agentenzentrale. Das ist klarer als klar. Ich gucke erst Papa an, dann Mama. Beide sehen ganz schön erschöpft aus.

»Wie komme ich denn nun hinter den Schrank?«, frage ich sie.

»Zuerst die Stärkung«, sagt Papa.

»Ja, sonst wird der Kakao kalt und kalter Kakao schmeckt wie alte Socken«, sagt Mama und gießt die Tassen voll.

Das ist die reinste Folter. Ich habe schon die ganze Zeit gewartet und jetzt muss ich mit meinen Eltern auf dem Fußboden vor meinem Schrank sitzen und Kakao trinken.

»Hm!«, macht Papa.

»Lecker«, sagt Mama.

Ich habe keine Lust auf mein Butterbrot mit Salz. Ich esse es trotzdem. Ich muss mich richtig hart zusammennehmen, damit ich nicht wieder und wieder frage. Ich sage gar nichts. Mama und Papa sagen auch nichts. Sie sehen sehr zufrieden aus, wie sie auf dem Boden sitzen, ihre Lieblingsbrote essen und dazu heißen Kakao trinken.

Es dauert eine Ewigkeit, aber endlich ist die Kanne leer und der letzte Krümel Brot aufgegessen.

»Okay, frag noch mal«, sagt Papa.

»Wie komme ich denn jetzt hinter den Schrank?«, frage ich.

»Das dürfen wir nicht verraten«, sagt Mama.

»Das musst du selber herausfinden«, sagt Papa.

»Das ist gemein. Außerdem hättet ihr das auch schon

vorher sagen können. Doppelt gemein«, sage ich und bin ein bisschen wütend. Nicht richtig wütend, denn eigentlich ist es viel aufregender, selbst hinter ein Geheimnis zu kommen. »Geheimagent zu werden ist halt kein Kinderspiel«, sagt Mama.

»Das können nur die Besten der Besten«, gibt ihr Papa Recht. Er steht auf und streckt sich, als wäre er gerade aufgewacht.

»Du schaffst das schon«, sagt Mama und steht auch auf.

Ich glaube, sie freuen sich schon auf ihr Bett. Ich bin kein bisschen müde. Ich könnte jetzt nicht einmal einschlafen, wenn ich dafür einen ganzen Zoo mit Eisstand bekommen würde.

»Ich bin froh, dass ich kein Geheimagent werden muss«, sagt Papa. »Das wäre mir viel zu anstrengend. Ich gehe jetzt lieber ins Bett. Gute Nacht.«

Papa tätschelt mir noch kurz den Kopf. Mama schiebt mich zum Bett.

»Du solltest jetzt wirklich schlafen, Daniel.«

Wie kann sie glauben, dass ich nach dieser Aufregung schlafen kann.

»Aber morgen ist Sonnabend, Mama. Da habe ich keine Schule.«

»Auch Geheimagenten brauchen Schlaf«, sagt sie, gibt mir einen Kuss auf die Stirn und tänzelt aus meinem Zimmer. Ich habe Mama noch nie müde gesehen. Ich glaube, sie schläft nur, weil es ihr Spaß macht. Mama wäre bestimmt ein prima Geheimagent.

Achtung, Geheimagenten im Haus

Die Leiter von meinem Etagenbett ist zu kurz. Überhaupt ist der Schrank so hoch, dass zwischen ihm und der Zimmerdecke gar nicht genug Platz wäre, um das Paket darüber und auf die andere Seite zu bringen. Es ist nicht einmal genug Platz, dass ich auf dem Bauch auf die andere Seite robben könnte. Außerdem hat vorhin jemand gesägt, und da vom Schrank kein Stück fehlt, muss ich durch den Schrank hindurch. Wenn es einen Durchgang gibt, dann muss er im mittleren Schrankteil sein. Da, wo die Anziehsachen sind. Hinter den anderen beiden Schranktüren ist so viel Kram, da müsste man erst aufräumen. Das dauert Tage. Ich öffne die mittlere Schranktür. Sieht aus wie immer. Unterwäsche und Pullis liegen oben in den Fächern. Hemden, Hosen und Jacken hängen auf Kleiderbügeln in der unteren Hälfte. Ich schiebe das Zeug auseinander und krieche in den Schrank. An der Rückwand ist herumgesägt worden. Eindeutig. Es sieht aus wie eine Tür und ist groß genug, dass das Paket hindurchpasst. Rechts ist ein Riegel. Ich ziehe ihn zurück. Jetzt müsste die Tür aufgehen.

Denkste.

Ich drücke und ziehe, doch nichts passiert. Irgendwo muss ein zweiter Riegel sein. Ein Geheimschloss. Typisch Papa. Alles doppelt und dreifach. Ich suche die ganze Rückwand ab. Papa hat sich wirklich Mühe gegeben, er hat sogar daran gedacht, einen Griff von innen an die Schranktür zu schrauben. Ich probiere ihn gleich aus. Es wird ganz dunkel, und als die Tür geschlossen ist, klackt es, so wie es klackt, wenn das Schloss von der Haustür aufgeht. Ich drücke vorsichtig gegen die Geheimtür und quieke einmal kurz vor Vergnügen. Die Geheimtür öffnet sich. Ich krabble durch das Loch in der Rückwand und bin in der Agentenbasis. Der Raum hinter dem Schrank ist ungefähr so breit wie mein Bett. Dadurch finde ich es gleich gemütlich. Es ist fast wie eine Höhle. Eine Höhle, in der mich keiner stören kann. Niemand kann einfach hereinkommen. Mein Reich, wo ich machen kann, was ich will. Prima. Es gibt eine kleine Lampe und noch einen Riegel, so dass ich die Geheimtür auch von dieser Seite verschließen kann.

Wenn ich könnte, würde ich jetzt schlafen gehen und mir das Paket für morgen aufheben. Kann ich aber nicht. Das wäre so, als ob man drei Wochen lang durch die Wüste läuft ohne zu trinken. Dann kommt man an eine Eisdiele und anstatt sich sofort ein extragroßes Zitroneneis zu bestellen, setzt man sich vorher noch ein paar Stunden in die Sonne. Macht doch kein Mensch und deshalb reiße ich das Paket sofort auf.

Das ist das Beste. Besser als Weihnachten und Ostern und Geburtstag zusammen. Besser als der Schrank mit den großen Spiegeln. Besser als alles Zitroneneis der Welt und den Zoo dazu. Es ist ein Tresor. Ein Tresor, richtig aus Metall und mit einem Tastenfeld an der Vorderseite. Ein Tastenfeld, um eine geheime Kombination einzugeben, wie bei unserer Haustür. Es ist kein gewöhnlicher Tresor. Nicht so einer, wie man ihn im Laden kaufen kann. Er sieht aus wie ein Tresor, den Papa selbst gebaut hat. Ein Tresor, für den er nicht genug Zeit gehabt hat, um sich richtig Mühe zu geben. Und er hat Rollen unten dran. Die sind extra für mich, damit ich ihn hin und her schieben kann. Damit ich mir selbst aussuchen kann, wo der Tresor stehen soll.

Die Geheimkombination ist die gleiche wie die für die Haustür. Mein Geburtsdatum. Wenn man die Tresortür aufmacht, quietschen die Scharniere. Innen ist der Tresor in zwei Fächer eingeteilt. Übereinander, wie mein Bett. Im oberen Fach liegt ein großer brauner Umschlag, der mit rotem Wachs versiegelt ist. Das Siegel zeigt den gleichen Adler wie das Siegel auf dem Brief, den Papa mir gezeigt hat. Wenn man genau hinguckt, sieht man, dass es der Adler ist, der auf den deutschen Euromünzen drauf ist. Das Siegel ist sogar genauso groß wie ein Ein-Euro-Stück.

Ich nehme den Umschlag und reiße ihn auf. Die Leute von der Agentenzentrale werden mir wohl kaum eine Briefbombe geschickt haben. Das wäre sehr dumm. Für alle Beteiligten. Die Agentenzentrale hätte mit einem Schlag den besten Nachwuchsagenten der Geschichte verloren und ich würde einfach mal eben in die Luft fliegen. Das riskieren die nie. Trotzdem wage ich nicht zu atmen, als ich in den geöffneten Umschlag greife und den Inhalt herausziehe. Was ich jetzt in den Händen halte, ist ein wichtiger und ein nicht so wichtiger Brief. Ich weiß das, obwohl ich noch keinen von beiden gelesen habe. Den wichtigen Brief erkenne ich am roten

Wachssiegel. Der nicht so wichtige Brief ist ein einfacher Computerausdruck. Ein Blatt normales Papier mit schwarzer Schrift. Das lese ich zuerst:

An Daniel

Das ist der Beginn des Trainingsprogrammes für zehnjährige Kinder, die Agenten werden wollen.

Alles, was du hier liest, und alles, was du über die Agentenzentrale weißt, ist geheim. Wenn du mit irgendjemandem darüber sprichst, wird das Trainingsprogramm sofort abgebrochen und du wirst niemals Agent. Du darfst nicht einmal mit deinen Eltern darüber sprechen. Niemand darf es wissen. Deine Eltern wurden hypnotisiert. Sie werden nach dem Erwachen alles vergessen haben, was mit der Agentenzentrale zu tun hat. Sie werden auch nichts mehr von der Agentenbasis in deinem Zimmer wissen. Sie dürfen es auch niemals erfahren.

Jetzt musst du den Brief mit dem roten Siegel öffnen.

Viel Glück

Der General der Agenten

Kaum zu fassen. Geheimagenten in unserem Haus, die Mama und Papa hypnotisiert haben? Na, ob das geklappt hat? Mama vergisst nie etwas. Am längsten behält sie, was sie gar nicht wissen soll. Bei Papa hätten sie sich die Mühe sparen können. Der vergisst sogar, ob er erst einen oder schon zwei Löffel Zucker in seinen Kaffee getan hat. Ich kann froh sein, wenn er mich jeden Tag wiedererkennt. Das ist nicht selbstverständlich. Opa hat mich einmal nicht wiedererkannt. Er dachte, ich wäre ein Hund. So schlimm war das gar nicht, denn ich habe Opa auch nicht erkannt. Ich dachte, er wäre ein Baum. Ist gelogen. Ich habe nur so getan, weil ich sauer war, dass er mich für einen Hund hielt. Opa ist der Papa von Papa. Darum wundert sich auch niemand, wenn er Kinder für Hunde hält.

Ich lausche, vielleicht sind die Agenten immer noch im Haus. Vielleicht kann ich sie hören. Ich bin ganz still, war da nicht ein Knacken? Ich schalte das Licht aus und lege das Ohr an die Wand. Im Dunkeln hört man besser. Schön blöd, denn im nächsten Moment bin ich eingeschlafen.

»Aufstehen, Schlafmütze.«

Ich schrecke aus dem Schlaf und sehe mich um. Ich bin noch immer in meiner neuen Agentenbasis und durch die Schrankritzen sehe ich, dass es draußen hell ist.

»Daniel?«

Das ist Mama. Klar kann ich antworten. Kein Problem. Mache ich aber nicht. In meiner Agentenbasis bin ich unsichtbar. Wenn ich keinen Laut von mir gebe, weiß niemand, ob ich hier bin oder nicht. Ich mache mich extra ganz klein, so als würde ich dadurch noch leiser werden.

»Daniel?«

Sie sagt meinen Namen, als ob sie nicht fassen kann, dass ich nicht in meinem Bett liege. So als ob sie ein Marmeladenglas aufmacht, das sie gerade erst gekauft hat. Sie macht es auf und nichts ist drin. Sie macht es auf und sagt: »Leer?« Genauso hat sie meinen Namen gesagt.

»Daniel?«

Ich sage nichts. Ich bin so still wie ein leeres Marmeladenglas.

»Klaus?«

Jetzt ruft sie Papa. Sie sagt nie Papa zu ihm. Sie nennt ihn immer bei seinem Vornamen. Klaus. Ich bin froh, dass ich nicht Klaus heiße. Auf Klaus reimt sich zu viel. Da können andere Kinder dumme Reime machen. Klaus die Maus. Oder: Klaus, altes Haus, geh doch raus. Auf Daniel reimt sich nichts. Moment. Jetzt fällt mir doch etwas ein: Daniel, der Spaniel. Damit wären wir wieder bei Hunden. Cockerspaniels, die mit den großen Ohren. Wenn ich Hunde toll finden würde, wäre das alles halb so schlimm. Ich hoffe, das mit den Hunden ist kein Fluch, der mich das ganze Leben lang verfolgt.

»Klaus? Kommst du mal?«

Papa hat wahrscheinlich keine Lust, extra nach oben zu kommen, nur weil Mama ruft. Wenn Mama aber zweimal ruft, dann muss er. Beim dritten Mal verliert sie die Geduld und wird böse.

Jetzt höre ich Papa die Treppe heraufkommen.

»Was ist denn los?«, fragt er.

»Hast du Daniel gesehen? Hier oben ist er nicht.« Mama klingt besorgt.

»Unten auch nicht«, sagt Papa. Er klingt nicht so besorgt. Er glaubt immer, dass alles richtig ist, wie es ist.

»Bist du sicher?«, fragt Mama.

»Sicher bin ich nicht. Ich habe ihn ja nicht gesucht.«

»Ich war heute schon im ganzen Haus und habe ihn nirgends gesehen. Ich dachte, er schläft noch. Aber hier ist er auch nicht. Seine Schuhe sind da. Ich glaube nicht, dass er barfuß draußen ist.«

»Vielleicht im Badezimmer«, sagt Papa.

»Da war ich schon.«

Ich muss mir ein Lachen verkneifen. Wenn die wüssten, dass ich im selben Zimmer bin und alles mit anhören kann.

»Warum guckst du denn so doof im Raum herum?«, fragt Mama und ich höre an ihrer Stimme, dass sie ein bisschen sauer auf Papa ist.

»Ich weiß nicht«, sagt Papa. »Aber irgendwie habe ich das Gefühl, dass Daniels Zimmer plötzlich kleiner ist als früher.«

»Das glaube ich nicht.«

»Doch, doch, glaub mir. Irgendwie wirkt alles kleiner als früher«, wiederholt Papa.

»Das meine ich nicht«, sagt Mama. »Ich kann nicht glauben, dass du dich für die Größe dieses Zimmers interessierst, wenn dein Sohn vom Erdboden verschwunden ist.«

Mama klingt sauer.

»Ach was«, sagt Papa. »Der taucht schon wieder auf.«

»Deine Ruhe will ich haben. Nein! Hier stimmt irgendwas nicht, das sagt mir mein Mutterinstinkt! Und wenn du mir nicht suchen hilfst, rufe ich meine Freundinnen an, die helfen bestimmt.«

Egal, wie schwer es mir fällt, an den General der Agenten zu glauben, ich darf mir nichts anmerken lassen. Mama und Papa nehmen mir glatt die Agentenbasis wieder weg, wenn ich gegen die Spielregeln verstoße. Ich muss also verhindern, dass Papa mein Zimmer nachmisst oder Mama vielleicht noch eine Suchaktion organisiert.

Ganz leise schiebe ich den Riegel von der Geheimtür auf.

»Na gut«, sagt Papa.

»Na gut was?«, sagt Mama.

Ich krieche leise in den Schrank und ziehe die Geheimtür zu.

»Wir suchen zusammen. Obwohl ich finde, dass du übertreibst«, sagt Papa, doch genau da reiße ich die Schranktür auf und brülle:

»Erschreckt!«

Das Klacken des Geheimschlosses hat sicher keiner gehört, erschreckt habe ich sie aber ganz sicher.

Mama schreit und springt Papa auf den Arm. Das machen sie öfter, da braucht man sich um Papa keine Sorgen zu machen. So schnell bricht der nicht auseinander. Sie üben so was einmal in der Woche beim Rock-'n'-Roll-Tanzen. Dabei geht es darum, dass der Mann die Frau so oft wie möglich hochwirft, auffängt oder durch die Luft schleudert. Damit sich dabei keiner wehtut, muss man feste üben.

»Was machst du im Schrank?«, fragt Mama. Sie hat ihren Arm um Papas Hals gelegt. Er hält sie wie ein großes Geschenk in den Händen.

»Ich spiele Verstecken«, sage ich.

»Alleine?«, fragt Mama.

»Ich dachte immer, ich wäre der Verrückte in der Familie«, sagt Papa.

»Ich spiele doch mit *euch* Verstecken«, sage ich. »Nicht alleine.«

»Uns hat aber keiner gefragt, ob wir mitspielen wollen«, sagt Papa.

»Ohne Polizei hättet ihr mich nie gefunden«, sage ich.

»Kein Wunder«, sagt Mama. »Wir dürfen deinen Schrank ja nicht mal anfassen. Es ist unfair, sich da drin zu verstecken.«

Ich mache mit meinem Mund eine Schnute. Mein linkes Auge wird dabei automatisch kleiner.

»Du hast Recht«, gebe ich zögernd zu. »Aber gefunden hättet ihr mich trotzdem nicht.«

»Zugegeben«, sagt Mama.

»Seid ihr bald fertig?«, fragt Papa. »Mama wird langsam schwer.« Er ist schon ganz rot im Gesicht. Durch die Glatze fällt das besonders auf. Wie eine Tomate.

»Papa ist eine Tomate«, sage ich und lache.

Mama dreht ihren Kopf und guckt Papa an. Ihre Nasen berühren sich fast. Auch Mama lacht. Papa verzieht das Gesicht und sagt: »Ich muss wohl ein besonders gutes Haarwuchsmittel erfinden. Mit Glatze nimmt mich einfach keiner ernst.«

Mama hört auf zu lachen und dreht ihren Kopf zu mir. »Daniel! Waschen und anziehen. Danach in die Küche kommen. Mittagessen.«

Sie sagt es mit fester, ernster Stimme. Es klingt wie ein Befehl.

»Kein Frühstück?«, frage ich.

»Es ist nach zwölf«, sagt Mama. »Du hast den halben Tag verschlafen.«

Dann streichelt sie Papa über die Glatze und küsst ihn auf den Mund. Papa hält Mama noch immer auf dem Arm. Ich greife mir ein T-Shirt, krabble durch Papas Beine auf den Flur hinaus und verschwinde im Badezimmer. Ich hoffe, es gibt nichts Großes zum Mittag. Am besten Brot mit Butter und Salz, dann könnte ich schnell wieder zurück in die Agentenbasis und den versiegelten Brief öffnen.

Mein neues Leben wartet.

Als ich aus dem Badezimmer komme, steht Papa noch immer in der Tür zu meinem Zimmer. Er hält Mama im Arm und sie küssen sich. Kaum zu glauben, dass denen nicht die Luft ausgeht. Seine Glatze leuchtet jetzt dunkelrot. Ich mache, dass ich in die Küche komme.

Der erste Auftrag

Nach dem Mittagessen sitze ich sofort wieder in der Agentenzentrale.

Das Beste am Tresor ist das Eintippen des Geheimcodes. Ich mache es gleich zweimal. Ich bin unheimlich schnell dabei. Ich bin so schnell, dass ein feindlicher Geheimagent nicht sehen könnte, auf welche Zahlen ich drücke. Selbst wenn er mir dabei über die Schulter gucken würde, hätte er Schwierigkeiten. Natürlich würde ich die Kombination niemals eintippen, wenn mir ein feindlicher Geheimagent über die Schulter guckt. Es sei denn, er hält mir dabei eine Pistole an den Kopf oder droht mir auf andere Art. Zum Beispiel könnte er Mama und Papa nach Australien entführen und sie dort an einen Baum binden. Ich könnte niemals alleine den Weg nach Australien finden. Außerdem braucht man für so eine Reise sicherlich die Erlaubnis der Eltern. Damit würde ich wirklich in der Patsche sitzen.

Ich gebe also die Kombination mit flotten Fingern ein. Das Schloss klackt und ich öffne den Tresor. Ich muss unbedingt etwas Öl besorgen. Das Quietschen könnte mich verraten und die Agentenbasis auffliegen lassen.

Ich reiße den wichtigen Umschlag auf ohne das Siegel dabei zu beschädigen. Ich ziehe den Brief heraus. Die Nachricht ist kurz:

An Daniel

Weitere Instruktionen unter der großen Mülltonne im Garten. Tarnung unbedingt wichtig.

Codename: **Müllmann**

Der General der Agenten

Das ist alles? Das ist ja fast wie ein Geburtstag ohne Geschenke. Und was soll das mit der Tarnung? Soll ich mich etwa verkleiden? Doch nicht als Müllmann? Das ist doch blöd. Ich meine, wenn Fasching wäre. Aber so. Beim Fasching ist das abgemacht. Alle verkleiden sich und keiner braucht sich deshalb dumm vorzukommen. Wenn man erwachsener Geheimagent ist, geht das auch in Ordnung. Da kann man sich einen falschen Bart ankleben oder eine Glatze rasieren oder eine Perücke aufsetzen oder die Haare färben. Man kann tun, als ob man nur ein Bein hat oder einen Arm, und dazu humpeln und einen Buckel vortäuschen. Einem Erwachsenen nimmt man so etwas ab. Aber ein Kind kann da machen, was es will. Da kann man sich noch so viele Bärte ankleben. Wenn man sich als Kind verkleidet, sieht man doch nur aus wie ein verkleidetes Kind. Damit würde ich mich nur lächerlich machen. Das kann der General der Agenten unmöglich wollen. Tarnung bedeutet also etwas anderes. Tarnung bedeutet einfach, dass niemand wissen darf, warum ich jetzt gleich zur Mülltonne gehe. Also nichts mit Verkleiden. Man muss nur einen falschen Grund vortäuschen. Das ist alles.

Als Erstes ziehe ich mir meine Jo-Jo-Hose an. Damit bin ich für alle Abenteuer gerüstet. Zur Not kann man ein Jo-Jo auch als Waffe benutzen. Jedenfalls wenn man ein Jo-Jo-Meister ist. Ich bin ein Jo-Jo-Meister, durch und durch. Deshalb auch die Hose. Ein Profi-Jo-Jo ist viel zu groß für die Hosentasche. Darum hat Mama eine Jeans von mir genommen und Extrataschen an die Seiten genäht. Zwei Stück. Eine links und eine rechts. Da passt locker das größte Jo-Jo hinein. Rechts das für jeden Tag und links eins als Ersatz. Da können gleich zwei feindliche Agenten auf einmal kommen. Blitzschnell habe ich die Jo-Jos in der Hand, lasse sie gleichzeitig einen doppelten Salto hinter meinem Rücken machen und dann schießen sie nach vorne und den beiden feindlichen Agenten gegen die Stirn. *Bang, bang* und die sind auf einen Schlag ohnmächtig. Ich zucke dann kurz mit links und kurz mit rechts und die Jo-Jos landen wieder aufgerollt in meinen Händen. *Zack, zack!* Das ist wie ein Bumerang für kurze Entfernungen. Genau das Richtige.

Mama und Papa sitzen im Wohnzimmer und lesen. Papa sitzt im Sessel, Mama liegt auf dem Sofa. Papa hat seinen selbst erfundenen Bücherhalter um den Bauch geschnallt. Damit hat er beide Hände frei. Er kann sich zum Beispiel beim Lesen eine Zigarette drehen. Mama findet das eine dumme Erfindung, von uns raucht ja keiner.

»Ich bringe mal schnell den Müll raus und danach übe ich draußen etwas Jo-Jo«, rufe ich von der Küche aus ins Wohnzimmer.

»Jo, jo«, sagt Papa und lacht. Das soll witzig sein.

»Moment mal«, sagt Mama. »Zuerst kommst du mal her. Hosenkontrolle.«

Ich habe die Tüte mit dem Müll schon in der Hand, renne aber trotzdem noch schnell ins Wohnzimmer. Als Mama mir die Jo-Jo-Hose nähen sollte, hat sie mir nicht geglaubt, dass ich sie wirklich ständig brauchen würde. Jetzt muss ich ihr beweisen, dass ich niemals ohne die Hose mit dem Jo-Jo spiele.

»Hier. Guck mich an«, sage ich zu Mama und drehe mich einmal vor ihr. So kann sie sehen, dass ich wirklich die Jo-Jo-Hose trage.

»Die Mülltüte ist ja fast leer«, sagt Papa. Er knackt Pistazien, während er liest. Eigentlich mag er Pistazien nicht besonders, aber er tut es trotzdem, nur um zu zeigen, dass er den Bücherhalter wirklich braucht.

»Die Tüte ist halb voll«, sage ich und halte sie Papa vor die Nase. »Außerdem stinkt der Müll wie alte Socken mit Harzer Käse.«

»Bäh.«

Papa wedelt mit der Hand vor seiner Nase herum.

Ich springe in meine schnellen Schuhe. Es sind meine schnellen Schuhe, weil sie einen Klettverschluss haben. Da bin ich ruck, zuck rein und raus aus den Schuhen. Schneller geht es wirklich nicht. Außerdem macht es ein prima Geräusch, wenn man die Verschlüsse auf- und zumacht. Ritsch-ratsch. Ich weiß gar nicht, warum es überhaupt Schuhe ohne Klettverschluss gibt.

An der Mülltonne lasse ich die Tüte unauffällig fallen. Während ich mich danach bücke, drücke ich mit der Schulter gegen die Tonne. Stark genug, dass sie kippelt. Da ist der Brief mit den Instruktionen. Ich greife ihn mir und anschließend die Tüte. Der Umschlag hat etwas Dreck abbekommen. Ich wische ihn an meiner Hose ab, dann landet der Müll in der Tonne und der Briefumschlag unter meinem Pulli.

Ich lasse mein Jo-Jo an der Schnur rauf- und runterklettern. Keine olympiareifen Tricks. Einfach nur rauf und runter, ganz als wäre ich ein normales Kind und nicht Geheimagent und Jo-Jo-Meister aller Klassen. Mein Jo-Jo ist heute so unglaublich langweilig, dass mittlerweile auch der hartnäckigste Beobachter eingeschlafen sein muss. Noch dreimal rauf und runter und dann verschwindet das Jo-Jo wieder in seiner Tasche.

Wir haben einen tollen Kletterbaum in unserem Garten. Wenn ich mit meinem Kletterbaum bei Olympia mitmachen dürfte, würde ich bestimmt die Goldmedaille gewinnen. Ich könnte den Baum sogar mit verbundenen Augen und einem doppelten Knoten in den Beinen hinaufklettern. Mit nur einem Arm ist das schon schwieriger, da muss man ein echter Könner sein.

Ich versuche es dreimal, dann nehme ich beide Arme. Damit der Brief nicht unter dem Pulli hervorrutscht, klemme ich ihn zwischen die Zähne.

Der Baum ist fast so hoch wie unser Haus. Ich setze mich ganz oben in die Krone, reiße das Siegel sorgfältig vom Briefumschlag und stecke es in die Tasche. Ich habe gerade beschlossen, dass ich alle Siegel sammeln werde. So wie andere Leute Briefmarken.

Die Nachricht in dem Umschlag ist natürlich an mich gerichtet. Diesmal steht aber nicht mein normaler Name darauf, sondern mein Codename. Damit bin ich fast schon echter Geheimagent.

An den ***Müllmann***

Du bist jetzt bereit für die erste große Trainingsaufgabe. Als Geheimagent ist es sehr wichtig, dass man Menschen hat, denen man absolut vertrauen kann. So jemanden musst du finden. Einen allerbesten Freund. Dabei ist es egal, ob es ein Junge oder ein Mädchen, ein Hund oder eine alte Oma ist. Absolutes Vertrauen. So jemanden kann man bitten, auf einen Rucksack voller wertvoller Schätze aufzupassen. Wenn man den Rucksack dann zurückbekommt, braucht man nicht nachzugucken, ob noch alles da ist.

Keine Lügen. Kein Neid.

Jemand, den man gerne zu sich nach Hause einlädt.

Das ist nicht so leicht, wie es vielleicht klingt.

Dein neuer Codename lautet: **Blutsbruder**

Der General der Agenten

Wenn das mal nicht die merkwürdigste Aufgabe ist, die einem Geheimagenten jemals gestellt wurde. Obwohl, wenn ich darüber nachdenke, ist es einleuchtend. Geheimagenten sind ständig unterwegs. Einen Monat hier und einen Monat dort. Immer neue Einsatzorte. Da ist es wichtig, schnell neue Freunde zu finden. Gute Freunde. Freunde, auf die man sich verlassen kann. Der General der Agenten hat Recht. Leicht ist das bestimmt nicht.

Die feindliche Agentin

Sonntag als Erster aufzustehen ist das Allerbeste. Wenn man am Sonntag zur Schule gehen müsste, wäre es nicht das Allerbeste, als Erster aufzustehen. An Schultagen würde ich am liebsten als Allerletzter aufstehen.

Ich öffne das Fenster in meinem Zimmer und lehne mich hinaus. So weit, wie es geht. Es ist kühl, aber nicht so, dass man friert. Nur ganz leicht. Und es riecht nach Sommerferien, obwohl es bis dahin noch ein paar Wochen Schule sind. Ein paar Wochen und jede Menge Klassenarbeiten liegen dazwischen. Hell ist es auch schon, dabei ist es erst sechs Uhr früh. Vögel zwitschern. Davon haben wir eine Menge in unserem Garten. Weiter weg höre ich ein Auto vorbeifahren, aber das ist zwei Ecken entfernt, auf der großen Straße. Die Straßen um unser Haus herum sind alle klein. Sie sind so schmal, dass zwei Autos nicht aneinander vorbeifahren können, ohne dass eins auf den Bürgersteig ausweichen muss. Hier fährt niemand einfach nur zum Spaß herum.

Ich gehe in die Agentenbasis und gucke im Tresor nach. Vielleicht hat der General der Agenten schon eine neue Aufgabe geschickt.

Hat er natürlich nicht. An mir kommt keiner vorbei, auch nicht, wenn ich schlafe. Warum sollte der General der Agenten es auch versuchen? Ich habe noch keinen besten Freund gefunden, dem ich mein Leben anvertrauen könnte. Natürlich wollte ich Heike dazu machen, aber sie hatte gestern keine Lust, mich zu treffen. Sie hatte keine Lust, obwohl ich ihr gesagt habe, wie wichtig es ist. Ich habe sogar gebettelt und bin auf die Knie gegangen. Das mit den Knien war eigentlich unnötig, denn wir haben ja nur telefoniert. Ich konnte machen und versprechen, was ich wollte, sie hatte einfach keine Lust, mich zu sehen. Eine beste Freundin hätte mir den Wunsch bestimmt erfüllt. Leider war Heike meine einzige Kandidatin. Der Rest meiner Klasse ist zwar ganz nett, aber ein bester Freund ist nicht dabei. Ich glaube, ich habe ein echtes Problem. Und dann ist heute auch noch Sonntag. Sonntag ist zwar ein toller Tag, weil ich nicht zur Schule muss, aber ansonsten passiert sonntags nie besonders viel. Kein guter Tag, um einen Freund zu finden. Das Spannendste am Sonntag ist, frühmorgens aus dem Haus zu kommen ohne dabei Mama und Papa zu wecken. Deshalb gehe ich lieber nicht ins Badezimmer. Es ist genau neben Mamas Schlafzimmer. Papa schläft da auch, jedenfalls solange er nicht schnarcht. Sobald er schnarcht, muss er in sein eigenes Zimmer. Papa schläft wie ein dicker Bär im Winter und Mama wird schon wach, wenn eine Fliege hustet. Da drückt man am Sonntagmorgen um sechs auf die Spülung und sie steht auf und guckt nach, wer das war. Also gehe ich unten auf die Toilette, da haben wir zwar keine Dusche, aber das große Waschbecken reicht auch. Ich nehme meine Anziehsachen gleich mit, dann brauche ich nicht noch einmal nach oben zu gehen.

Auf dem Tisch in der Küche liegen drei Euro. Ich stecke sie mir in die Hosentasche. Auch wenn auf den Münzen manchmal der gleiche Adler ist wie auf dem Agentensiegel, weiß ich, dass das kein versteckter Hinweis vom General der Agenten ist. Am Sonntagmorgen liegen immer drei Euro auf dem Tisch.

Im Flur kippe ich meine Schulsachen auf den Boden und schnalle mir den leeren Rucksack auf den Rücken. Rein in die schnellen Schuhe und raus aus der Tür. Aus dem Schuppen hole ich mein Fahrrad. Kein Wind weht. Ein astreiner Fahrradtag.

Niemand ist auf der Straße zu sehen. Nicht mal eine Oma mit Hund. Es könnte der Anfang eines Filmes sein. Ein Film mit dem Titel: ›Daniel allein auf der Welt‹.

Fahrradwege gibt es keine, aber da hier sowieso nie Verkehr ist, kann ich locker mitten auf der Straße fahren. Außerdem habe ich einen Rückspiegel am Lenker. Da sehe ich immer schon Stunden im Voraus, ob ein Auto kommt.

Als ich den Rückspiegel ganz neu hatte, bin ich gegen eine Laterne gefahren, weil ich immer nur in den Spiegel geguckt habe. Papa hat daraufhin einen zweiten Spiegel hinten am Gepäckträger montiert, damit ich auch sehen konnte, was vorne passiert, während ich in den Rückspiegel gucke. Mama hat gesagt, dass das Blödsinn ist, und sie hat Recht gehabt. Ich habe mir schnell wieder angewöhnt, nach vorne zu gucken. Seitdem habe ich keine Laterne mehr gerammt. Das ist auch gar nicht so einfach. So eine Laterne ist ganz schön dünn. Eine Laterne genau mit dem Vorderreifen zu treffen schafft man am besten, wenn man während der Fahrt nach hinten guckt.

Während ich noch in die Pedale trete, sehe ich auf die Uhr. Ich fahre dabei mit einer Hand. Das ist kein Problem. Ich kann sogar freihändig fahren, aber so was machen nur Angeber. Wer unbedingt freihändig fahren will, soll sich gleich ein Fahrrad ohne Lenker kaufen. Also echt.

Es ist Viertel vor sieben. Am Sonntag hat alles zu, nur dieser Kiosk nicht. Der macht auch am Sonntag schon um sieben Uhr auf und hat dann bis mittags offen. Dadurch ist er etwas Besonderes. Der Bäcker hat zwar sonntags auch offen, aber ein Bäcker ist lange nicht so spannend.

Der Mann vom Kiosk fängt immer eine halbe Stunde vorher an. Er muss die Fensterläden öffnen und die Zeitungen in den Ständer stecken. Das dauert seine Zeit. Der Mann macht das jeden Tag. Er hat keine Ferien und keinen Tag frei. Das stelle ich mir unglaublich anstrengend vor. Fast schon übermenschlich. Deshalb nenne ich ihn Kioskman. So wie Superman oder Batman. Kioskman.

Obwohl ich mit meinem grünen Rennrad superschnell fahre, bin ich kein bisschen aus der Puste, als ich beim Kiosk ankomme. Der Kiosk ist nämlich nicht weit entfernt. Einmal um die Ecke und dann drei Minuten geradeaus. Das geht ruck, zuck.

Groß ist der Kiosk nicht. Ein bisschen kleiner als eine Imbissbude. Man kann auch nicht hineingehen. Nur Kioskman steht drinnen und guckt durch ein Fenster nach draußen. Wenn man etwas kaufen will, stellt man sich vor das Fenster und sagt, was es sein soll. Kioskman gibt es dann heraus. Bei Leuten, die er kennt, macht er das sofort. Bei Fremden wartet er erst, bis er das Geld hat. Ganz klar. Wenn die einfach die Sachen schnappen und abhauen, hat nicht einmal Kioskman eine Chance. Bis er draußen ist, ist der Dieb schon um drei Ecken. Außerdem ist Kioskman uralt, achtzig oder hundert bestimmt.

Blödsinn.

Wer wird schon hundert! Und mit achtzig kriegt man den Rücken nicht mehr alleine gerade. Ist er eben sechzig oder siebzig. Auf jeden Fall alt genug, um alt zu sein.

»Ah. Mein bester Kunde und wie immer der erste«, sagt Kioskman, als ich mein Fahrrad vor seiner Bude auf den Ständer stelle. Er ist noch gar nicht drinnen und guckt raus, sondern hängt gerade eine Tafel mit den verschiedenen Eissorten neben sein Fenster.

»›Morgenpost‹, wie immer?«, fragt er mich und guckt mir dabei direkt in die Augen. So als ob er die Antwort dort lesen könnte. Ich nicke zweimal. Er nimmt eine ›Morgenpost‹ vom Stapel, faltet sie einmal in der Mitte und gibt sie mir. Während ich mir überlege, welche Gummitiere ich heute haben will, geht Kioskman in seinen Kiosk rein. Er schaut aus dem Fenster und fragt: »Na, und was darf es noch sein?«

Ich zeige auf die Gummikrokodile und halte dazu drei Finger in die Luft.

»Drei Gummikrokodile«, sagt Kioskman.

Außerdem nehme ich noch drei Pfirsiche, drei Colaflaschen, drei Teufel und einen Schnuller. Natürlich alles aus Fruchtgummi. Schnuller sind zwar für Babys, aber man kann immer so prima den Finger in den Ring stecken. Wenn man den Schnuller dann im Mund hat, kann man das ganze Ding wunderbar lang ziehen.

Kioskman steckt das Zeug in eine kleine Papiertüte und gibt sie mir. Ich reiche die drei Euro durch das Fenster und Kioskman gibt mir 80 Cent zurück. Ich stecke alles in meinen Rucksack, dann lächle ich freundlich, nicke einmal mit dem Kopf und steige wieder auf mein Fahrrad.

Kioskman denkt, ich kann nicht sprechen. Früher war ich zu schüchtern, um irgendetwas zu sagen. Seit ich nicht mehr so schüchtern bin, ist es mir peinlich, dass ich es mal war, und deshalb tue ich weiterhin so, als ob ich nicht sprechen kann. Weil er Mitleid mit mir hat, gibt mir Kioskman jedes Mal ein oder zwei Gummitiere extra dazu. Die sind geschenkt und ich muss nie Bitte oder Danke sagen. Kann ich ja auch gar nicht. Bin ja stumm.

Vom Kiosk aus fahre ich links die Straße entlang. Es ist eine etwas breitere Straße, aber dafür hat sie ganz grobes Kopfsteinpflaster. Mindestens tausend Jahre alt. Auch hier fährt niemand zum Spaß herum. Besonders mit dem Fahrrad ist das keine Freude, deshalb fahre ich hier immer auf dem Bürgersteig.

Auf der anderen Seite ist ein großes Krankenhaus. Es sieht aus wie ein Gefängnis. Ein Gitterzaun mit gefährlichen Spitzen verhindert, dass die Patienten fliehen können. Schräg gegenüber vom Kioskman befindet sich ein Tor. Es ist von einer Schranke blockiert und wer rein oder raus will, muss erst beim Pförtner um Erlaubnis fragen. Das Gelände ist riesig. Mindestens sechs oder sieben verschiedene Gebäude. Und es gibt jede Menge Bäume.

Obwohl ich immer auf der anderen Straßenseite fahre, schaue ich trotzdem jedes Mal zum Krankenhaus hinüber. Es hat etwas Unheimliches. Hoffentlich muss ich da niemals rein. Ich habe gehört, dass dort jeden Morgen um fünf eine Krankenschwester ins Zimmer kommt und einem ein Thermometer in den Hintern steckt. Wer kann so etwas schon mögen? Fünf Uhr morgens geweckt werden ist schlimm genug, aber ein Thermometer im Hintern ist doch wohl das Letzte. Der reinste Horror.

Heute steht ein Mädchen hinter dem Zaun und sieht zu mir herüber. Sie beobachtet mich. Jetzt winkt sie mir zu. Nein. Sie winkt mir nicht zu, als wollte sie »Hallo« sagen. Sie winkt mich zu sich. Ich soll rüberkommen. Ich bremse so stark, dass mein Hinterrad blockiert. Gut, dass ich noch nicht zu schnell war, sonst hätte das nicht so locker ausgesehen. Ich stehe immer noch auf der anderen Straßenseite und starre hinüber. Das Mädchen sieht klein aus, aber das könnte auch an dem hohen Zaun liegen. Neben einem Wolkenkratzer sieht auch Superman klein und winzig aus. Sie hat ein weißes Nachthemd an und einen Schal um den Hals. Das sieht merkwürdig aus. Sie winkt wieder. Irgendwie ist sie unheimlich. Ich gucke nach links und rechts. Die Straße rauf und runter. Niemand zu sehen. Nicht einmal Kioskman lässt sich blicken. Wenn wir die letzten beiden Menschen auf der Welt wären, würde ich auf alle Fälle hinübergehen. Das sind wir aber nicht. Allerdings ist sie wohl ungefähr in meinem Alter und ich muss ja noch einen besten Freund finden. Ich sollte keine Gelegenheit auslassen, denn bevor ich diesen Auftrag nicht erfüllt habe, bekomme ich bestimmt keinen neuen.

»Hallo«, sagt das Mädchen. Sie trägt eine große Brille. Viel zu riesig für ihr kleines Gesicht. Sie sieht damit aus, als wäre sie schon einmal groß gewesen und dann wieder eingeschrumpft. Alles wieder klein, nur die Brille nicht. Wer weiß, vielleicht erst vor fünf Minuten.

»Hallo«, sage ich.

Ich stehe vor ihr. Nur der Zaun trennt uns. Sie ist etwas kleiner als ich. Etwa eine Handbreit. Blonde Locken, aber nur unterhalb der Ohren. Auf dem Kopf hat sie glatte Haare. Sieht irgendwie komisch aus.

»Wo willst du hin?«, fragt sie.

»Zum Bäcker«, sage ich.

»Was willst du denn beim Bäcker? Kuchen kaufen?«

»Nee. Brötchen«, sage ich, »fürs Frühstück.«

»Langweilig«, sagt sie und tritt einmal gegen den Eisenzaun. Das macht ein dumpfes Geräusch. Wie eine große Glocke mit Husten.

»Meine Eltern freuen sich, wenn ich ihnen sonntags Brötchen zum Frühstück bringe«, erkläre ich ihr und zucke mit den Schultern. Liegt ja nicht an mir, dass ich langweilige Sachen einkaufe.

»Du hast Eltern? Toll!«, sagt das Mädchen und sieht dabei wirklich begeistert aus.

Die ist nicht ganz dicht. Das ist mal klar.

»Ja, gut«, sage ich und setze einen Fuß auf die Pedale. »Ich muss dann weiter. Das Frühstück wartet.«

»Halt. Warte! Ich komme mit.«

Ich tue, als ob sie nichts gesagt hätte, und fahre langsam los. Sie rennt am Zaun entlang. Immer auf einer Höhe mit mir. Ich werde etwas schneller und sie wird auch schneller. Wenn ich jetzt noch eine Pedale zulege, hänge ich sie garantiert ab. Brauche ich aber gar nicht, denn da vorne ist das Grundstück schon zu Ende. Der Zaun biegt nach rechts ab. Da bin ich sie sowieso los.

»Hier rechtsrum!«, ruft sie mir zu und kürzt die Ecke über den Rasen ab.

Ich fahre einfach geradeaus. So als wäre ich eben erst auf die Welt gekommen. Kleines Mädchen mit Riesenbrille? Nicht gesehen. Tut mir Leid. Ich bin erst seit einer Minute hier.

Ich rolle ganz gemütlich den Bürgersteig entlang. Warum auch nicht. Bin ja nicht auf der Flucht.

»He! Warte! Warte! WARTEEEEEEE!«

Ihr letztes »Warte« klingt, als hätte sie eine Sirene eingeschaltet.

Bevor der Rest der Stadt aufwacht, lasse ich mein Hinterrad blockieren. Klasse Geräusch, wenn das Gummi über die Gehwegplatten schleift. Ich bleibe quer zum Bürgersteig stehen, so dass ich mich nur noch zur Hälfte umzudrehen brauche.

Und da kommt sie. Sie hat ihr Sirenengeheul abgestellt. Irgendwie hat sie es geschafft, aus dem Krankenhaus zu fliehen.

Sie hat volle Geschwindigkeit drauf. Ihr Nachthemd flattert im Wind. Sie erinnert mich an das Geisterschiff *Der fliegende Holländer.* Voll gesetzte Segel. Sie nimmt Kurs auf mich. Die verrückte fliegende Holländerin hat mich im Visier.

Wenn ich mich sofort in die Pedale stemme, könnte

ich ihr entkommen. Ich versuche meinen Fuß zu heben oder einen Finger zu rühren.

Klappt nicht.

Garantiert hat sie mich hypnotisiert. Dafür ist also diese riesige Brille. Sie ist wie ein Hypnose-Fernrohr. Wenn ihr Opfer nur eine Armlänge entfernt ist, kann sie es ohne Probleme sofort in ihren Bann bringen. Für alle Menschen, die weiter weg sind, braucht sie diese Riesenbrille. Wenn sie *die* mal nicht von der Agentenzentrale hat. Das würde dem General der Agenten ähnlich sehen. Schickt mir eine andere Kinderagentin, um mich zu testen. Er will sehen, ob ich gewitzt genug bin, um eine Konkurrentin zu erkennen. Oder eine Komplizin. Freund oder Feind.

Noch drei Schritte. Sie wird langsamer. Sie steht genau vor mir und guckt mir direkt in die Augen. Plötzlich kreischt sie los. Ein hoher Schrei. Pure Wut. Ein paar Sekunden. Vielleicht vier. Dann haut sie mir mit der Faust auf den Arm. Es tut kein bisschen weh.

»Los, komm«, sagt sie und geht weiter in die Richtung, in die ich eben wollte.

Der Schrei und der Schlag waren wohl dafür, dass ich nicht auf sie warten wollte. Entweder das oder sie hat mir damit das geheime Erkennungszeichen der Agenten gegeben.

Blödsinn. Auffälliger geht es wohl kaum.

Auf dem Weg zum Bäcker sagen wir kein Wort. Es ist, als wären wir schon lange Freunde und hätten gerade keine Lust zu reden. Ganz normal. Beim Bäcker angekommen, stelle ich mein Fahrrad ab und drücke gegen die Ladentür.

»Warte«, sagt das Mädchen. Das muss ihr Lieblingswort sein. Ich wette, als sie geboren wurde, hat sie sich mit aller Kraft im Bauch ihrer Mutter festgehalten und »WARTE« geschrien.

»Was denn?«, frage ich.

Sie steht ein paar Meter entfernt und winkt mich zurück. Ich verdrehe die Augen und gehe zu ihr. Lieber freiwillig, als dass sie ihren Hypnoseblick einsetzt.

»Was willst du kaufen?«, fragt sie.

Junge, ist die anstrengend.

»Na, Brötchen«, sage ich.

»Wie viel Geld hast du?«, fragt sie.

»80 Cent.«

»Nur 80 Cent? Da können wir ja nicht mal für jeden ein Stück Kuchen kaufen.«

»Richtig«, sage ich, »aber ich hole davon drei Brötchen und mache meine Eltern glücklich.«

»Wenn du Kuchen kaufst, darfst du mir unters Nachthemd gucken.«

Sie sieht mich an, als wäre das besser als alle Süßigkeiten der Welt. Unter ihr Nachthemd gucken? Was soll daran toll sein? Wenn sie eine berühmte Schauspielerin wäre, die noch nie jemand nackt gesehen hat, das wäre etwas anderes. Aber sie ist ein kleines Mädchen mit einer Riesenbrille. Soll das etwa ein Trick sein?

»Ich weiß nicht«, sage ich halblaut.

So wie sie mich anguckt, ist da mehr dran. Ich habe es: Sie ist ein Roboter. Das ist es. Wenn ich ihr Kuchen kaufe, macht sie das zu meiner Freundin, und dann darf ich unter ihr Nachthemd gucken. Dann sehe ich, dass sie aus Metall ist und überall Drähte herauskommen. Vielleicht ist sie ein laufender Tresor. Auf ihrem Bauch kann ich die Geheimkombination eingeben und dann geht eine Tür auf und ich kriege die nächste Aufgabe für mein Trainingsprogramm.

»Hol mir erst mal den Kuchen«, sagt sie und zupft an ihrem Nachthemd.

»Willst du nicht mit reinkommen?«

»Nein«, sagt sie und schüttelt den Kopf. Nicht nur einmal, sondern viel länger als nötig.

»Nein?«

»Nein, ich gehe da nicht rein.«

»Und warum nicht?«, frage ich.

Sie ist verrückt, das ist wohl klar.

»Ich gehe da nicht rein. Ich warte.«

»Na gut. Warte.«

Soll sie von mir aus draußen bleiben. Kuchen werde ich ihr sowieso nicht kaufen. Sie ist garantiert kein Roboter. Roboter sind nicht verrückt. Und wenn sie ein Roboter ist, kann sie gar keinen Kuchen essen. Testen werde ich sie trotzdem. Ich nehme die Tüte mit den Gummitieren aus meinem Rucksack und drücke sie ihr in die Hand. Der Freundschaftstest.

»Was ist das?«, fragt sie und guckt auf die kleine Tüte in ihrer Hand. Es sieht aus, als würde sie einen Vogel halten, der sich einen Flügel gebrochen hat.

»Ein Schatz«, sage ich, »ich möchte, dass du auf ihn aufpasst. Nur so lange, wie ich da drinnen bin. Okay?«

»Okay«, sagt sie und nickt. Einmal nur, dann schaut sie wieder auf die Tüte. Es sieht aus, als könnte sie die nächsten drei Jahre nichts anderes machen. Nur dastehen und diese kleine Tüte anstarren. Ich drehe mich um und gehe durch die Tür in den Bäckerladen.

Es ist warm und duftet nach frischen Brötchen. Eine Frau steht hinter der Theke und lächelt in den Raum. Außer mir sind noch zwei andere Kunden da.

»Meine Frau sitzt zu Hause und verhungert«, sagt ein Mann mit dickem Bauch. Der Mann ist groß und hässlich. Sein Gesicht ist so rot, als hätte er drei Wochen in der prallen Sonne gelegen. Er ist sogar im Gesicht dick. So dick, dass man nicht weiß, wo der Hals anfängt und das Kinn aufhört. Bis der verhungert, dauert es bestimmt Jahre.

»Ja, ja«, sagt eine Oma. »Ja, ja.«

Sie läuft gebeugt vor der Kuchenvitrine hin und her. Sie muss über achtzig sein. Sie gehört zu den Menschen, die den Rücken nicht mehr von alleine gerade kriegen.

»Wird das heute noch was oder wollen Sie noch mal hundert Jahre alt werden? Entscheiden Sie sich endlich.«

Der dicke Mann ist ganz schön genervt. Fast so sehr wie Mama, wenn Papa eine neue Erfindung an ihr ausprobieren will.

»Drängeln Sie sich doch vor, wenn Sie nicht zwei Minuten warten können, bis eine alte Frau sich entschieden hat«, sagt die Oma und macht eine nervöse Handbewegung.

Der Mann zuckt mit den Schultern und geht einen Schritt nach vorne. Er stellt sich neben die Oma, ganz so, als wenn er jetzt dran wäre. Das würde ich mich nie trauen.

»Zehn Brötchen. Drei Mandelhörnchen. Zwei Amerikaner. Vier Rumkugeln. Zwei Stücke Sahnetorte. Sechs Stücke Schokoladenkuchen. Vier Erdbeertörtchen. Und eine Mohnstange.«

Er sagt das so flüssig, als hätte er einen Monat lang dafür geübt. Vielleicht ist *er* der Roboter, der meine nächste Aufgabe im Bauch hat. Dick genug ist er ja.

»Was ist mit Ihnen los? Kaufen Sie für die ganze Straße ein?«, sagt die Oma. »Hätte ich das gewusst, hätte ich Sie nicht vorgelassen.«

»Dann entscheiden Sie sich endlich für Ihren blöden Kuchen«, sagt der dicke Mann und macht ein doofes Gesicht.

»Frechheit«, sagt die Oma und macht einen Schritt auf den Dicken zu. Sie ist immer noch gebückt. Sie kriegt nicht einmal den Kopf nach oben, um dem Mann ins Gesicht zu gucken. Es sieht aus, als wollte sie ihm auf den Schuh spucken.

»Drei Brötchen für dich?«, fragt die Verkäuferin. Ich zucke zusammen. Die Oma und der Dicke haben mich so sehr abgelenkt, dass ich nicht gemerkt habe, wie die Verkäuferin hinter dem Tresen vorgekommen ist. Sie steht direkt neben mir und hält eine weiße Papiertüte in der Hand.

»Was?«

»Ich dachte, du wolltest drei Brötchen haben. Wie jeden Sonntag«, sagt sie und hält mir die Tüte hin.

»Ja. Ja, danke.«

Ich gebe der Frau die 80 Cent. Die Tüte mit den Brötchen kommt in den Rucksack und der Rucksack auf den Rücken. Die Oma und der Dicke hören für einen Moment zu streiten auf und gucken stattdessen fassungslos die Verkäuferin an.

»Wie kommt's, dass der Kleine eine Extrabehandlung bekommt?«, fragt der Dicke.

»Ich dachte ja nur, bis Sie sich entschieden haben«, sagt die Verkäuferin und geht wieder hinter die Theke.

Ich gehe schnell aus dem Laden, sonst kommt noch jemand auf die Idee, dass ich die Brötchen wieder abgeben soll.

»Wo bist du?«, rufe ich in jede Richtung. Ich schaue sogar an der Hauswand hoch.

Das Mädchen mit der Riesenbrille ist nicht mehr da. Die Tüte mit den Gummitieren ist nicht mehr da und mein Fahrrad ist auch weg.

Eine Komplizin war das auf keinen Fall. Und eine beste Freundin, der ich vertrauen kann, schon gar nicht.

Was willst du hier, Kleiner?

Ich renne die ganze Strecke bis zum Krankenhaus. Ich bin so sauer, dass ich mich sogar traue den Pförtner zu fragen. Eigentlich ganz einfach. Ich gehe zu seinem kleinen Pförtnerhaus und stelle mich auf die Zehenspitzen, damit ich mit meinem Mund näher an das Loch in der Scheibe herankomme.

»Hallo«, sage ich.

»Kann ich dir helfen?«, fragt der Mann hinter der Glasscheibe. Hallo sagt er nicht.

»Haben Sie ein Mädchen gesehen? In einem Nachthemd, mit einer riesigen Brille und auf einem Fahrrad?«

»Habe ich gesehen«, sagt der Mann und grinst.

Ich gucke ihn wartend an. Er sagt nichts weiter. Er guckt mich nur an und grinst. Von einem Ohr zum anderen. Wahrscheinlich kann man sogar sehen, dass er grinst, wenn man hinter ihm steht.

»Und?«, frage ich. »Wo ist sie hin?«

»Sie ist zum Kiosk gefahren«, sagt er und zeigt schräg über die Straße.

Weil er mir nicht gleich gesagt hat, wo sie hin ist, sage ich nicht »Tschüs«, sondern drehe mich einfach um und renne zum Kiosk.

»Hallo«, sage ich zu Kioskman. »Ich bin es noch mal. Haben Sie ein Mädchen gesehen? Mit Nachthemd und Fahrrad?«

»Die mit der großen Brille?«, fragt er.

»Genau«, sage ich.

»Klar«, sagt Kioskman und nickt. »Sie hat dein Fahrrad hier rechts an die Seite gestellt.«

Er beugt sich aus seinem Fenster und zeigt rechts um die Ecke von seinem Kiosk. Ich folge seinem Finger und gucke um die Ecke. Da steht mein Fahrrad. Es ist alles in Ordnung. Puh!

»Ich soll dir sagen, dass es ihr Leid tut, aber sie musste ganz dringend weg«, sagt Kioskman.

»Diese gemeine Diebin«, sage ich, doch weil ich mein Fahrrad zurückhabe, klinge ich nicht besonders sauer.

»Ich glaube nicht, dass sie dir dein Fahrrad klauen wollte. Sie ist vielleicht etwas merkwürdig, aber eine Diebin ist sie bestimmt nicht«, sagt Kioskman und er klingt, als ob er die feindliche Agentin ziemlich gut kennen würde.

»Hat sie Ihnen irgendwas gegeben?«, frage ich.

Kioskman schüttelt den Kopf. Also doch eine Diebin. Meine Gummitiere sehe ich bestimmt nicht wieder.

»He, sag mal, seit wann kannst du eigentlich sprechen?«, fragt Kioskman plötzlich.

»Schon immer«, sage ich und zucke mit den Schultern.

»Und warum hast du nie etwas gesagt?«, fragt er.

»Ging doch auch so«, sage ich und hoffe, dass er nicht weiter nachfragt. Es gibt keinen Grund, meine Schüchternheit einzugestehen.

»Was soll's. Ist ja auch egal«, sagt Kioskman, und bevor ich mir irgendwie doof vorkommen kann, dreht er sich weg und nimmt etwas aus dem hinteren Regal. Er beugt sich aus dem Fenster und hält mir drei Überraschungseier hin.

»Hier«, sagt er.

Es sieht ganz so aus, als sollte ich mir eins aussuchen.

»Ich habe kein Geld mehr«, sage ich.

»Ist geschenkt«, sagt Kioskman.

»Danke«, sage ich und überlege kurz. Dann nehme ich das mittlere Ei.

»Nein«, sagt Kioskman, »die sind alle drei für dich.«

Unglaublich. Das ist der wahre Kioskman.

»Wofür sind die?«, frage ich und nehme auch die anderen beiden Eier.

»Seit drei Jahren warte ich darauf, dass du den Mund aufmachst«, sagt Kioskman. »Drei Jahre nicht mit mir zu reden ist eine echte Leistung. Das hat noch nicht mal meine Frau geschafft. Ich finde, so ein Durchhaltevermögen muss belohnt werden. Und für jedes Jahr gibt es ein Ei. Außerdem habe ich gemerkt, dass drei deine Lieblingszahl ist. Das passt doch prima.«

Ich stecke die Eier in meinen Rucksack und sage: »Da haben Sie aber Glück gehabt, dass meine Lieblingszahl nicht fünfhundert Millionen ist.«

Da lacht Kioskman. Richtig laut, mit offenem Mund. Ich grinse nur etwas. Eigentlich war das ernst gemeint. Als Kioskman zu Ende gelacht hat, sagt er: »Na, das hat sich doch gelohnt, dir die Eier zu schenken.«

»Wieso?«, frage ich.

»Ich habe nicht viel zu lachen. Die meiste Zeit ist es langweilig in meinem Kiosk.«

Wer hätte das gedacht. Kioskman ist es langweilig.

»Na ja«, sage ich. »Ich gehe dann mal wieder.«

»Mach's gut«, sagt Kioskman. »Bis zum nächsten Sonntag.«

»Tschüs und danke.«

Ich winke ihm zum Abschied und gehe zu meinem Fahrrad. Mein Glückstag kann das heute nicht sein, denn als ich um die Ecke komme, sehe ich, wie ein Junge dabei ist, mein Fahrrad vorsichtig und leise vom Kiosk wegzuschieben.

»He!«, rufe ich.

Der Junge kriegt einen Mordsschreck und dreht sich zu mir um. Eine Sekunde lang schauen wir uns direkt in die Augen. Ich mache einen Schritt auf ihn zu. Er springt auf mein Fahrrad und stellt sich auf die Pedale, die oben ist. Als er mit meinem grünen Renner davonprescht, hebt das Vorderrad ein Stück vom Boden ab. Ich sprinte sofort hinter ihm her.

Auch wenn man es kaum glauben will, aber wenn man ein Wettrennen mit einem Fahrrad macht, ist man am Anfang schneller als das Rad. Er hat einen kleinen Vorsprung, schafft es aber gerade mal über die Straße, bevor ich mein Fahrrad am Gepäckträger erwische. Ich laufe noch immer und versuche so gut es geht zu bremsen. Der Junge wird immer langsamer und langsamer und schaut dabei ständig nach hinten.

»Lass los!«, schreit er.

Als ob ich das machen würde. Kurz bevor wir stehen bleiben, springt er vom Rad und rennt weg. Ich knalle zusammen mit meinem Fahrrad auf den Bürgersteig. Meine Hände umklammern immer noch den Gepäckträger. Ich rappele mich wieder auf. Mein Knie schmerzt und ich habe mir die rechte Hand aufgeschürft. Ansonsten alles in Ordnung. Das Fahrrad hat nichts abbekommen. Ich gucke dem Jungen hinterher. Er ist schon an der nächsten Ecke und biegt hinter dem Krankenhaus nach links ab. Ich renne mit meinem Fahrrad los und springe im Laufen auf. Als ich um die Ecke komme, sehe ich den Jungen die Straße überqueren. Er ist schnell und bestimmt über hundert Meter entfernt. Ich fahre an der Rückseite des Krankenhausgeländes entlang und hole auf. Der Junge ist ganz schön außer Atem. Ich höre ihn keuchen.

Plötzlich rennt er durch ein Gartentor. Ich bleibe vorne am Zaun stehen und sehe, wie er in einem Haus verschwindet. Es sieht aus wie unser Haus, nur doppelt so breit und ein Stockwerk höher. Es hat ein rotes Spitzdach und zwei Schornsteine. Die Wände sind bewachsen, aber lange nicht so stark wie bei uns. Blumen gibt es hier gar nicht. Alles nur Rasen und überall sind Inseln aus Sand zu sehen. Es sieht aus, als würde hier einmal die Woche eine Rinderherde um das Haus getrieben. Alles platt getrampelt.

Der Junge kommt wieder aus dem Haus. Aber er ist nicht allein. Ein Gruppe von Kindern folgt ihm. Er zeigt auf mich und sagt etwas, das ich nicht verstehe. Es ist an der Zeit abzuhauen, doch ich zögere zu lange. Gar nicht wie ein Geheimagent. Schon sind sie da. Der größte von den Jungen baut sich direkt vor mir auf. Er nimmt das Vorderrad zwischen die Beine und klemmt es fest. Er kommt mir vor wie ein Riese. Ich habe keine Chance zu entkommen.

»Was willst du hier, Kleiner?«, fragt er mich. Er überragt mich um einen Kopf und ist zwei oder drei Jahre älter als ich. Der Junge, der mein Fahrrad klauen wollte, stellt sich neben ihn und zieht eine Grimasse.

»Los, antworte. Was willst du hier?«, fragt der Riese noch einmal.

Mein Mund öffnet sich, aber nichts kommt heraus. Was soll ich auch sagen. Warum bin ich hier? Keine Ahnung. Weiß ich nicht. Es war das Normalste der Welt, dem Jungen zu folgen. So als ob man spült, nachdem man auf Toilette war.

»Na, was ist?«, fragt der Riese und sieht dabei ein bisschen irre aus.

Selbst wenn ich wüsste, was ich sagen soll, könnte ich es nicht. Die Angst sitzt mir auf der Zunge, greift in meinen Hals hinein und hält sich an den Stimmbändern fest.

»Was ist mit dem? Kann der nicht sprechen?«, fragt einer aus der Gruppe.

»Klar kann der sprechen«, sagt der Fahrraddieb.

»Der hat Schiss«, sagt ein anderer.

»Klar hat der Schiss«, sagt der Fahrraddieb und lacht.

Der Riese holt ein Taschenmesser heraus und öffnet es. Gleich pinkle ich mir in die Hose.

»Vielleicht bringt ihn das zum Reden«, sagt der Riese mit fieser Stimme und dann sticht er das Messer in den Vorderreifen. Es zischt einmal. Laut und kurz, dann ist der Reifen platt.

Ich schwinge mich vom Sattel und renne. Ich renne schneller als jemals zuvor. Schnell genug, dass mich niemand einholen kann. Nicht einmal der Riese. Ich weiß auch gar nicht, ob sie mich verfolgen. Ich höre nur ihr Siegesgeheul. Wie eine Horde Indianer, die vom Kriegspfad zurückkehrt und dicke Beute gemacht hat.

Der Rucksack schlägt mit jedem Schritt gegen meinen Rücken und die Tränen laufen mir über die Wangen, als hätte ich einen Magneten unter dem Kinn. Ein Magnet, der Tränen anzieht.

Ich renne die ganze Strecke bis nach Hause.

Mama steht in der Küche und kocht Kaffee. Sie fragt gar nicht, was los ist. Sie nimmt mich nur in die Arme und lässt mich heulen. Sie meckert auch nicht, dabei habe ich doch vergessen die Schuhe auszuziehen.

Negativ denken

Wir sitzen auf dem Sofa im Wohnzimmer, ich in der Mitte. Mama hat tröstend einen Arm um mich gelegt und ich erzähle ihnen alles, was passiert ist.

»Das ist das Kinderheim.«

Das ist das Erste, was Papa sagt.

»Ein Kinderheim?«, frage ich.

Natürlich weiß ich, was er meint, aber ich will mehr darüber hören. Kinderheim, das ist so ähnlich wie Krankenhaus, so ähnlich wie Gefängnis.

»In der Straße hinter dem Krankenhaus. Da ist ein Kinderheim«, sagt Papa. »Darum waren da so viele Kinder, die dem Jungen helfen konnten. Das verbindet, wenn man zusammen in so einem Heim ist. Da hilft einer dem anderen.«

Das überrascht mich. So habe ich mir ein Heim nicht vorgestellt.

»Woher willst du das wissen? Du hast ein Heim doch höchstens mal von außen gesehen. Wenn überhaupt«, sagt Mama. Sie guckt ihn an, als hätte er eine besonders dumme Erfindung gemacht.

»So was weiß man halt«, sagt Papa.

»Ach. Und warum weiß ich das dann nicht?«, fragt Mama. »Ich weiß nur, dass sich im Kinderheim alle unheimlich auf die Nerven gehen. Die müssen da zusammen in einem Haus wohnen. Ob sie wollen oder nicht.«

Ich nicke. Das klingt schon eher nach Gefängnis.

»Du denkst einfach zu negativ«, sagt Papa.

»Ich negativ? Ich?«

Mama zeigt mit dem Finger auf die eigene Brust.

Negativ, das kenne ich. Das ist, wenn man nicht so gut drauf ist und alles nur schlecht macht. So hat Mama das mal erklärt. Ich bin im Moment überhaupt nicht gut drauf, aber das interessiert hier scheinbar keinen.

»Was ist denn jetzt mit meinem Fahrrad?«, frage ich und schaue abwechselnd Mama und Papa an. Das ist wie beim Tennis. Links, rechts, links, rechts. Da kann man blöd von werden.

»Richtig. Dein Fahrrad«, sagt Papa. Er reibt sich mit der Hand im Gesicht herum und sucht eine Antwort.

»Es gibt sicher eine Heimleitung«, sagt Mama. »Da gehen wir hin und erzählen, was passiert ist.«

»Und dann kriege ich mein Rad wieder?«, frage ich.

Das scheint mir fast zu einfach.

»Die werden sich darum kümmern. Du musst ihnen nur zeigen, wer es war, und dann kriegst du dein Rad wieder«, sagt Mama. Sie ist sich ihrer Sache sehr sicher.

»Was ist, wenn sie sagen, dass ich lüge?«

»Du hast doch deinen Fahrradpass.«

Richtig, mein Fahrradpass. Endlich wird der mal gebraucht. Ich nicke, natürlich habe ich ihn noch. Irgendwo.

»Das Rad ist bestimmt auf dem Heimgrundstück. Wir werden es finden und dann können wir mit dem Fahrradpass beweisen, dass es dir gehört. Auf dem Rahmen steht die gleiche Nummer wie in deinem Pass.«

»Und das genügt?«, frage ich zweifelnd.

So einfach, wie Mama das erzählt, ist das niemals. Nie. Das ist so, als wenn man sagt: Du musst nur die letzten drei Tage vor der Klassenarbeit ordentlich üben und dann schreibst du eine Eins. Das klappt genauso wenig.

»Das genügt«, sagt Mama. »So einfach ist das.«

»Na, wollen wir hoffen«, sagt Papa und steht auf.

»Ha!«, sagt Mama und guckt Papa mit funkelnden Augen an. »Wer denkt jetzt negativ?«

»Ich gehe mal eben duschen«, sagt Papa. »Vielleicht kann ich ja alle schlechten Gedanken von mir waschen.«

Mama streckt ihm dafür die Zunge raus. Nicht ganz weit, nur ein kleines Stück und nur ganz kurz.

»Gehen wir gleich mein Fahrrad holen?«, frage ich Mama.

»Das hat bis morgen nach der Schule Zeit«, sagt sie und streichelt mir über die Wange.

»Warum denn nicht gleich?«

»Heute ist Sonntag, da kriegen die Heimleiter bestimmt schlechte Laune, wenn man sie stört. Außerdem wollen wir doch gleich Opa besuchen und vorher noch ordentlich frühstücken.«

Mama steht auf und guckt mich an, als ob ich mit Fieber im Bett liegen würde.

»Das wird alles werden«, sagt sie und schenkt mir ein Mamalächeln. »Komm, jetzt machen wir erst mal Frühstück.«

Sie sagt das, als wäre es das Tollste von der Welt. Teller, Tassen und Besteck auf den Tisch stellen. Marmelade, Nougatcreme und Käse aus den Schränken holen. Spitze. Das ist ja besser als fünfhundert Millionen Überraschungseier von Kioskman geschenkt zu kriegen. Genau so tut Mama jedenfalls.

Überhaupt. Die Überraschungseier.

Ob ich Mama und Papa von den Eiern und Kioskman erzählen soll?

Nachher wollen sie jeder eins abhaben.

Nein, ich glaube, das lasse ich besser. Ich tue sie lieber in den Tresor, dann bleiben sie mein Geheimnis.

Opa kocht Gulasch

Mit dem Auto ist es ein Flohsprung bis zu Opa. Wir könnten das Stück locker zu Fuß gehen, aber wir haben ja das Essen für Opas Einladung dabei. Keiner von uns hat Lust, mit einem großen Topf vor dem Bauch durch die Gegend zu marschieren, also nehmen wir das Auto.

Opa wohnt nicht in einem richtigen Haus. Opa wohnt in einer Laubenkolonie. Das ist wie eine kleine Stadt, nur geschrumpft. Die Grundstücke sind viel kleiner als echte Grundstücke. Und die Häuser, die darauf stehen, sind viel kleiner als echte Häuser. Die meisten sind aus Holz und haben nur einen Raum. So etwas nennt man eine Laube. Deshalb auch Laubenkolonie. Die Leute, denen die Lauben gehören, wohnen eigentlich alle in Wohnungen. Sie kommen nach der Arbeit hierher, um dann in ihrem kleinen Garten weiterzuarbeiten. Darauf freuen sie sich den ganzen Tag. Sie selbst nennen sich Kleingärtner. Mama, Papa und ich nennen sie Laubenheinis. Aber nur, wenn keiner zuhört. Opa hat ein Häuschen aus Stein, mit Bad, Küche und zwei kleinen Zimmern. Gemütlich. Im Winter muss er mit Holz heizen. Da ist es nur gemütlich, wenn man beim Kamin sitzt. Der Kamin ist toll. Er hat eine Glastür, damit man das Feuer sehen kann. Ich kann Stunden vor dem Kamin sitzen und ins Feuer gucken. Feuer ist eine tolle Sache. Immer anders. Ständig in Bewegung. Im

Sommer hängen Fliegengitter vor den Fenstern. Und der Kamin ist ein dunkles Loch. Wir können nicht direkt an Opas Grundstück heranfahren, darum parken wir das Auto auf der Straße. In der Laubenkolonie sind Autos verboten. Es ist immer sehr ruhig in so einer Kolonie.

Papa hat den Topf auf dem Schoß. Er wartet, bis Mama ausgestiegen ist und seine Tür aufmacht. Mama nimmt ihm den Topf ab. Dann steigt auch Papa aus. Ich bin sowieso immer als Erster draußen. Auf mich braucht keiner zu warten. Über dem Eingangstor zu den Lauben hängt ein großes Schild:

Kleingartenverein Sonnenschein e. V.

Der Weg ist so breit, dass wir drei nebeneinander gehen können. Alles Schotter. Keine Gehwegplatten. Wenn man hier rennt und ausrutscht, gibt das böse Schürfwunden. Ich gucke in alle Richtungen. Alle vier Schritte drehe ich mich um. Hier kann man nicht vorsichtig genug sein. Wenn ich alleine wäre, würde ich rennen, und mit meinem Fahrrad würde ich hier nie freiwillig langfahren. Natürlich kann es nur ein Gerücht sein, aber hier soll sich eine Bande herumtreiben. Sie haben eine Anführerin, die wegen ihrer roten Haare Feuerwanze genannt wird. Ich habe sie noch nie gesehen, aber fies und gemein soll sie sein. Heike ist einmal von ihr erwischt worden. Die Feuerwanze hat immer mindestens fünf oder sechs Jungen dabei. Die helfen ihr. Besonders gerne halten sie Rad fahrende Kinder auf. Heike haben sie das Fahrrad weggenommen und dann musste sie ihr T-Shirt ausziehen. Die Feuerwanze selbst hat sie angeblich eine halbe Stunde lang mit Brennnesseln ausgepeitscht. Heike hatte danach tagelang einen roten Ausschlag auf dem Rücken. Den habe ich gesehen, der war echt, aber ob sie wirklich eine halbe Stunde gepeitscht wurde? Ist bestimmt übertrieben. Wer soll denn so was überleben?

An Erwachsene traut sich die Feuerwanze jedenfalls nicht ran. Wir schaffen es unbeschadet bis zu Opas Garten. Papa macht das Gartentor auf und geht hinein. Mama drückt mir den Topf in die Hand und folgt Papa. Opa steht mitten auf seinem Rasen und stützt sich auf eine Harke. Er ist groß und dünn, und obwohl er schon achtzig ist, kann er noch immer den Rücken gerade halten. Er guckt uns an, als ob wir aus einem Raumschiff gestiegen wären. Wir stehen alle drei auf einem Plattenweg, der über den Rasen führt, von der Gartentür bis zum Haus. Er ist nicht besonders breit. Wir müssen hintereinander stehen. Der Topf in meinen Händen ist ganz schön schwer, aber solange ich ihn halte, brauche ich wenigstens Opa nicht zu umarmen. Das ist mir ganz lieb.

»Tretet nicht auf den Rasen«, sagt Opa. »Ich komme zu euch.«

Er guckt sich suchend um. Am liebsten würde er selbst auch nicht auf den Rasen treten müssen.

»Wir treffen uns beim Haus«, sagt er nach einigen Sekunden und zeigt mit seiner knochigen Hand zu seinem Häuschen.

Wir drei gehen im Gänsemarsch den Plattenweg entlang und Opa stakst wie ein Storch über das Gras.

»Hallo, Papa«, sagt Papa zu Opa und umarmt ihn.

Opa bleibt ganz steif stehen, immer noch die Harke in der Hand.

»Was wollt ihr hier?«, fragt er und guckt nur Papa an.

»Du hast uns doch eingeladen«, sagt Papa, »zum Essen.«

»Ich habe nichts zu essen für euch«, sagt Opa. »Was ich habe, reicht gerade mal für mich.«

»Deshalb haben wir doch was mitgebracht.«

Papa zeigt auf den Topf in meiner Hand. Opa kommt ganz nah heran. Er schaut mich misstrauisch an und hebt dann den Deckel vom Topf.

»Gulasch«, sagt er.

Ich nicke. Was soll ich sonst tun.

Opa nimmt mir den Topf aus den Händen und gibt ihn Papa. Dann holt er einen Euro aus der Tasche und hält ihn mir vor die Nase.

»Hier, für dich.«

Er drückt mir den Euro in die Hand.

»Und jetzt hau ab.« Er zeigt dabei auf die Gartentür.

Ich gucke Mama und Papa an. Ratlos. Papa legt Opa eine Hand auf die Schulter und sagt: »Das ist doch Daniel. Dein Enkel.«

»Ach so. Ja. Daniel. Ich dachte, der trägt euch nur den Topf«, sagt Opa und nimmt mir den Euro wieder weg.

»Lass dich mal umarmen«, sagt Mama und lacht ganz merkwürdig.

Opa drückt mir die Harke in die Hand und sagt: »Von dir immer, meine Schöne.«

Dafür kriegt er nach der Umarmung noch einen Kuss auf die Backe. Er guckt Mama an und lächelt. Seine Augen strahlen richtig. Er sieht aus wie ein netter alter Mann.

»Wollen wir draußen oder drinnen sitzen?«, fragt Papa.

»Bei dem tollen Wetter natürlich draußen«, sagt Mama, sie will immer draußen sitzen, sogar wenn es eigentlich schon zu kalt ist.

»Natürlich essen wir draußen«, stimmt ihr Opa zu.

»Na, dann stelle ich den Topf auf den Herd und wärme das Gulasch auf«, sagt Papa.

»Nichts da.«

Opa nimmt Papa den Topf wieder aus der Hand.

»Ihr setzt euch schön hierhin und ich mache das. Ist schließlich meine Küche.«

Opa verschwindet im Haus und wir setzen uns an den Holztisch, der neben der Tür steht. Ein schweres Ding. Die Tischplatte ist so dick wie mein Bein und auf ein Fass geschraubt.

Das Fass ist so groß, dass ich es nicht umarmen kann.

Mama und Papa sitzen auf der einen Bank und ich gegenüber auf der anderen.

»Ich will lieber bei euch sitzen«, sage ich und rutsche auf meiner Bank hin und her.

»Für drei ist hier kein Platz«, sagt Papa und tut unschuldig.

»Ich komme zu dir herüber. Dann kann Papa neben Opa sitzen.« Mama steht auf, kommt um den Tisch herum und setzt sich zu mir auf die Bank.

»Ich will hier nicht alleine sitzen«, sagt Papa.

»Opa kommt ja gleich«, sagt Mama. »Dann sitzt du nicht mehr alleine.«

»Außerdem ist hier für drei kein Platz«, sage ich. Das hat er jetzt davon.

»Ich will aber nicht neben Opa sitzen«, sagt Papa.

»Na, hör mal«, sagt Mama. »Er ist schließlich dein Vater.«

»Aber du verstehst dich viel besser mit ihm«, sagt Papa.

Mama denkt einen Moment nach.

»Na gut. Los, Daniel, setz dich rüber zu Papa.«

Ich tue, als ob ich nicht gehört hätte, und gucke mir ganz genau meine Finger an. Voll beschäftigt. Keine Zeit, um den Platz zu wechseln.

»Na, mach schon.«

Mama pikst mir einen Finger in die Seite. Das kitzelt und ich muss lachen, obwohl ich nicht will.

»Schon gut«, sage ich und stehe auf, »aber ich will Mama gegenübersitzen.«

»Kein Problem«, sagt Papa und rutscht auf die andere Seite der Bank. Ich setze mich hin und wir warten weiter.

»Opa braucht aber lange«, sagt Papa und guckt auf seine Uhr. »Einer von uns sollte mal gucken gehen.«

»Ich nicht«, sagt Mama schnell. »Ich muss schon neben ihm sitzen. Einer von euch muss gehen.«

»Los, Daniel. Geh du mal nachsehen«, sagt Papa und schubst mich fast von der Bank.

»Ich finde, Papa sollte gehen«, sage ich zu Mama.

Mama hebt abwehrend die Hände.

»Ich halte mich da raus.«

»Du willst doch Privatdetektiv werden«, sagt Papa, als ob er nicht genau wüsste, dass ich auf dem besten Weg bin, Agent zu werden.

»Geheimagent«, sage ich. »Nicht Privatdetektiv.«

»Na, bitte, umso besser. Die fürchten sich vor nichts. Hier ist dein erster Auftrag: Geh rein zu Opa und finde heraus, wo er bleibt.«

Papa versucht mich mit wedelnden Händen zu vertreiben. Es ist ein mieser Trick, die Sache mit dem Agenten zu erwähnen. Ein mieser Trick, der funktioniert. Welcher Agent will schon als Angsthase dastehen.

»Ist gut«, sage ich, »wenn ihr euch nicht traut, gehe ich eben nachsehen.«

Ganz vorsichtig mache ich die Tür auf. Es ist nicht besonders hell im Haus. Vor jedem Fenster hängen schwarze Fliegengitter. Von drinnen sieht es aus, als wollte Opa ein Geheimnis verbergen. Ich habe das Gefühl, mich einer großen Gefahr zu nähern. Zögernd, Schritt für Schritt. Jeden Moment kann ein feindlicher Agent hinter einer Ecke hervorspringen und mich angreifen. Oder ein großer Hund, der mich mit einem Haps verschlingt.

Die Tür zur Küche ist offen. Auf dem Herd steht der Topf mit Gulasch. Es dampft, also ist es schon heiß. Opa ist nicht da. Ich gehe zurück in den Flur. Die Tür zum Wohnzimmer ist angelehnt. Ich schiebe sie langsam auf und gucke hinein.

»Opa?«, frage ich in den Raum.

Der Fernseher läuft. Opa sitzt am Tisch, vor sich eine Schale mit heißem Gulasch. Er will sich gerade einen vollen Löffel in den Mund schieben, doch als er mich sieht, lässt er den Löffel wieder sinken.

»Daniel?«, sagt er.

Ich nicke und bin froh, dass er mich erkannt hat.

»Na, du kommst genau richtig«, sagt Opa und steht auf. »Ich habe gerade einen riesigen Topf voll Gulasch gemacht. Kannst einen Teller abhaben. Da esse ich sonst noch die ganze Woche von.«

Dieser Mann soll jemals etwas mit Agenten zu tun gehabt haben? Was hat er getan? Ihnen das Essen weggenommen? Am liebsten würde ich ihn einfach fragen, aber wenn er sich dann bei Mama oder Papa verquatscht, gilt das bestimmt als Regelverstoß und ich kann mich von meiner Agentenbasis verabschieden.

»Mama und Papa sitzen draußen und warten, dass du das Gulasch aufwärmst«, sage ich.

»Deine Eltern sind auch hier?«, fragt Opa überrascht.

»Na klar. Sie sitzen draußen und warten auf dich.«

Opas Blick wird auf einmal ganz leer. Es sieht aus, als würde er in die Ferne gucken, um seine Erinnerung zu suchen. Unheimlich.

»Ah ja, richtig«, sagt er plötzlich. »Nimm schon mal meine Schüssel mit. Ich bringe dann den Rest hinterher.«

Er wedelt mich mit den Händen in Richtung Tür und ich nehme seine Schüssel und bringe sie nach draußen.

»Ist was passiert?«, fragt Mama.

»Opa hat vergessen, dass wir hier sind«, sage ich. »Aber jetzt kommt er gleich.«

Und da ist er auch schon. Mit einem Tablett in den Händen tritt Opa durch die Tür. Er verteilt Suppenteller und Löffel an uns drei. Den Gulaschtopf stellt er mitten auf den Tisch.

»So, dann haut mal rein, Kinder.«

Papa nimmt als Erster und tut dann Mama und mir

auf. Opa setzt sich neben Papa und sagt: »Ich hoffe, es schmeckt euch. Ich habe mir extra viel Mühe gegeben. Ist nach einem Spezialrezept. Ich habe den halben Tag in der Küche gestanden.«

Keiner sagt, dass das Gulasch von Mama ist. Alle essen und loben Opa für seine Kochkünste. Keiner sagt Opa, wie die Welt wirklich ist. Ich auch nicht.

Die zweite Aufgabe

Wir sind sogar noch zum Abendbrot bei Opa geblieben. War das anstrengend. Langeweile kann anstrengender sein als ein Schultag mit acht Stunden. Und ein Opa, der ständig alles vergisst, macht die Sache nicht besser. Jetzt sind wir wieder zu Hause.

Endlich.

Ich gehe gleich in mein Zimmer und von dort durch den Schrank in die Agentenbasis. Ich habe Lust auf ein Überraschungsei. Ich gebe die Geheimkombination ein und öffne vorsichtig die Tresortür. Wenn man es ganz langsam macht, quietscht die Tür fast gar nicht.

Ich komme nicht dazu, mir ein Ei auszusuchen, denn zwischen den Eiern steckt ein Briefumschlag.

Dreimal raten.

Na klar! Vom General der Agenten! Mit Siegel und allem Drum und Dran. Wie kann das sein? Ich habe doch die erste Aufgabe noch gar nicht gelöst.

Es muss mit dem Mädchen zu tun haben. Die Agentin mit der Brille. Sie hat herumerzählt, dass ich mich ganz schnell täuschen lasse. Ich bin leicht zu hypnotisieren und vertraue gleich jedem dahergelaufenen Mädchen. Ich bin schlechtes Agentenmaterial. Für nichts zu gebrauchen. Ende der Geschichte. Wenn ich groß bin, muss ich Straßenfeger werden. Das war es dann. Die Agentenbasis wird geschlossen und ich bekomme eine

Gehirnwäsche. Keine Erinnerung. Keine Gefahr, etwas zu verraten.

Ich würde zu gerne wissen, woher Mama und Papa das Mädchen mit der Brille kennen. Vielleicht sind meine Eltern schon seit Jahren selbst Agenten und den General der Agenten gibt es wirklich. Dann sind sie aber sicherlich nicht hypnotisiert worden. Das ist bestimmt nur ein Trick. Ein Test. Sie wollen sehen, ob ich ein Geheimnis für mich behalten kann. Das habe ich bisher immerhin geschafft. Vielleicht bin ich doch ein besserer Agent, als ich dachte. Während ich darüber nachdenke, reiße ich den Umschlag auf und hole den Brief heraus:

An den ***Blutsbruder***

Überrascht?

Hast du wohl nicht gedacht, schon jetzt eine neue Aufgabe zu erhalten.

Warum eigentlich?

Niemand hat gesagt, dass du erst die nächste Aufgabe bekommst, nachdem die vorherige gelöst wurde. Dein Training umfasst dreimal drei Aufgaben. Manchmal kann es vorkommen, dass du bis zu drei Aufgaben gleichzeitig lösen musst. Das mag schwierig klingen, aber so ist das Agentenleben. Kein Kinderspiel.

Die Sache mit deinem Fahrrad war bestimmt kein Spaß. Eine heikle Situation. Du hast dich aber richtig verhalten. Manchmal ist es gut wegzurennen, um später wiederzukommen. Das Wiederkommen ist in diesem Fall sehr wichtig. Du musst noch einmal zu diesem Kinderheim gehen und dir dein Fahrrad zurückholen. Alleine. Oder kennst du einen Geheimagenten, der seine Mama fragt, ob sie ihm die feindlichen Agenten vom Hals hält?

Na also.

Codename: **Windhund**

Übrigens:
Viel Glück!

Der General der Agenten

Das wird ja immer schlimmer. Ich bin schon froh, wenn ich die nächsten drei Wochen nicht von diesem Messer schwingenden Fahrradmörder Alpträume bekomme. Das wäre hart genug. Aber alleine da hingehen und mein Rad zurückholen? Wahnsinn. Der Riese macht mich innerhalb von drei Minuten zu Kinderwurst. Fein in Scheiben geschnitten, bitte schön.

Bist ein Ritter, oder was?

Die Schule vergeht so schnell, dass ich es nicht glauben kann. Wenn Heike mir erzählt, dass jeder Mensch, der genug Luft schluckt, vom Boden abhebt und durch die Luft fliegt, kann ich das vielleicht noch glauben. Aber dass Schule so schnell vergehen kann wie heute, das ist unglaublich. Ich gucke normalerweise mindestens zwanzigmal in der Stunde auf die Uhr und jedes Mal sind nur zwei oder drei Minuten vergangen. In der letzten Stunde schaffe ich es, nur dreimal auf die Uhr zu schauen, und schon klingelt es. Alle rennen aus der Schule und ich in Zeitlupe hinterher. Hätte mir der General der Agenten die Aufgabe gestellt, als Allerletzter aus dem Schulgebäude zu kommen, hätte ich diese Prüfung heute sofort bestanden.

Ich gehe langsam die Straße entlang. Sehr langsam. Das Kinderheim ist gar nicht so weit von der Schule entfernt. Alles passiert heute schneller, die Wege sind kürzer als sonst. Ich habe den Eindruck, keine zehn Schritte gemacht zu haben, und dennoch stehe ich bereits direkt vor dem Heim. Unheimlich ist das.

Hinter dem Haus höre ich spielende Kinder. Sie haben mich noch nicht gesehen. Können sie auch gar nicht, denn ich verstecke mich hinter einem Zaunpfeiler aus Mauerwerk. Am liebsten würde ich auf der Stelle unsichtbar werden. Von mir aus für den Rest meines Lebens. Wenn ich sichtbar bleibe, kann der Rest meines Lebens ziemlich kurz werden. Sie werden sich alle zusammen auf mich stürzen und das war es dann. Aber so ist das eben, wenn man Geheimagent ist. Da heißt es Zähne zusammenbeißen und durch. Geheimagenten sind wie Indianer, die kennen keine Angst. Mein Kiefer knirscht, als ich durch den Vorgarten gehe. Ich stehe mitten auf dem Rasen und keiner kümmert sich um mich. Ich stehe vor der Eingangstreppe und keiner kümmert sich um mich. Ich setze einen Fuß auf die erste Stufe und plötzlich stößt mir jemand von hinten gegen die Schulter. Ich drehe mich um. Gleich kümmert sich einer um mich.

»Der Angsthase«, sagt der Riese.

Meine Hand tastet sich zur rechten Seitentasche meiner Jo-Jo-Hose. Na klar habe ich die heute an. Bei so einem gefährlichen Auftrag.

»Warum rennst du nicht weg, Angsthase?«, fragt der Riese und lächelt ein Gangsterlächeln.

Ich weiche keinen Schritt, und während ich versuche gefährlich auszusehen, stecke ich meinen Finger in die Schlaufe des Jo-Jos.

»Ich bin kein Angsthase«, sage ich.

Ein brillanter Satz. Im Film ist das der letzte Satz, bevor man von einer Jugendbande aufgemischt wird.

»Das wollen wir doch mal sehen«, sagt der Riese und zieht sein Messer aus der Tasche.

Keine große Überraschung, das war klar. Er hat das Messer schon einmal benutzt. Er wird es wieder benutzen. Darauf bin ich vorbereitet. Blitzschnell ziehe ich meine Jo-Jo-Hand aus der Tasche. Soll er mal versuchen die Luft aus mir herauszulassen.

Er öffnet sein Messer und ich reagiere sofort. Zack. Wie im Film. Das Jo-Jo schießt los, genau auf seine Hand mit dem Messer zu.

»Au«, sagt der Riese.

Ich höre das Messer auf den Steinplatten klappern. Ich traue mich nicht hinzugucken. Ich starre dem Riesen nur in die Augen. Er starrt zurück. Gar nicht besonders böse. Mehr erstaunt. Mein Jo-Jo hängt wie eine tote Schlange von meiner Hand. Der großartige Jo-Jo-Meister hat es natürlich nicht geschafft, sein Jo-Jo zurücksausen zu lassen. Zum Glück habe ich meine Linke schon in der Schlaufe des zweiten Jo-Jos. Der soll mal kommen.

Doch nichts passiert. Wir gucken uns an. Bevor ich etwas Lässiges sagen kann, macht der Riese den Mund auf: »Bist du völlig bescheuert?«

Auch darauf fällt mir nichts Gutes ein.

»Du hättest mir die Hand brechen können mit deinem beschissenen Jo-Jo. Ist dir das klar? Dann würdest du ganz schön in der Patsche sitzen. Das ist Körperverletzung. Darauf steht Knast.«

»Du hast ja wohl angefangen«, sage ich.

»Ich glaub, ich steh im Wald, das ist doch völlig egal.«

»Ist gar nicht egal.«

»Sag mal, was willst du überhaupt hier?«, fragt er und guckt mich an, als ob ich auf den Mars gehöre.

»Mein Fahrrad«, sage ich.

»Warum nimmst du es dir nicht und haust wieder ab?«

»Ich weiß nicht, wo es ist«, sage ich.

»Steht hinterm Haus«, sagt der Riese und zeigt mit dem Daumen über die Schulter.

»Hallo. Dich kenne ich noch nicht«, sagt eine Männerstimme.

Ich erschrecke mich so fürchterlich, dass ich die Hand öffne und das Ersatz-Jo-Jo loslasse. Es wandert gemütlich an der Schnur herunter und anschließend gleich wieder hinauf. Hinter mir ist ein Mann aus dem Haus getreten. Er kommt die Treppe herunter auf uns zu.

»Ich bin der Dirk«, sagt er. »Und wer bist du?«

Ich starre ihn nur an. Dirk streckt mir die Hand entgegen. Er hat fettige Haare, die er sich gerade zum dritten Mal aus dem Gesicht streicht. Er wirkt überhaupt sehr schmierig. Man sieht auf einen Blick, dass er keine Mutter hat, die ihm beibringt, wie man sich wäscht. Dirk ist in einem Heim genau an der richtigen Stelle. Ich möchte seine Hand nicht schütteln und tue es dennoch. Sie ist überraschend trocken.

»Ich bin Daniel«, sage ich.

»Schön, dich kennen zu lernen, Daniel.«

»Bist du nicht schon zu alt, um in einem Kinderheim zu wohnen?«, frage ich ihn.

Dirk macht ein komisches Gesicht und der Riese lacht laut los. Er lacht, als hätte ich das Dümmste gesagt, was ein Mensch jemals sagen kann.

»He, Dieter, lach nicht so gemein«, sagt Dirk.

Der Riese hört auf zu lachen. Jetzt, wo Dirk neben ihm steht, sieht der Riese gar nicht mehr so groß aus. Eigentlich ganz normal. Sogar einen Kopf kleiner als Dirk.

»Ich bin Thorsten, nicht Dieter«, sagt der kleine Riese und macht ein beleidigtes Gesicht.

»Vorhin hast du gesagt, du heißt Dieter«, sagt Dirk und guckt prüfend.

»Thorsten«, sagt Thorsten.

»Okay, also Thorsten«, sagt Dirk und wendet sich wieder an mich: »Du denkst, dass ich ein Heimkind bin?«

Ich nicke unsicher. Dirk lacht kurz.

»Nein. Ich bin hier Erzieher. Und ich bin neu hier.«

Er lächelt ein Erwachsenenlächeln. Fast wie ein Freundschaftsangebot, nur nicht so richtig ehrlich.

»Ach so«, sage ich.

»Mann, bist du blöd«, sagt Thorsten.

Er reißt dabei die Augen auf, streckt mir die Zunge raus und klopft sich mit der flachen Hand auf den Kopf. Er sieht aus wie der letzte Idiot.

»Lass das.«

Dirk gibt Thorsten einen Klaps auf den Hinterkopf.

»Also, wie heißt du noch mal?«, fragt er mich.

»Daniel«, sage ich.

»Der gehört nicht zu uns«, sagt Thorsten.

»Also, Daniel«, sagt Dirk.

»Der gehört nicht zu uns«, wiederholt Thorsten.

Dirk regt sich gar nicht auf, dass er ständig von Thorsten unterbrochen wird. Er reagiert ganz locker. Überhaupt nicht ungeduldig. Er klingt, als würde er am Frühstückstisch sitzen und sagen: »Ich hätte gerne noch ein Brötchen.«

In diesem Ton sagt er zu Thorsten: »Ich rede jetzt mit Daniel.«

Zu mir sagt er: »In welcher Gruppe bist du denn?«

»Ich gehöre nicht zu euch«, sage ich.

»Ach so«, sagt Dirk und guckt erstaunt. Er guckt, als würde ich mit am Frühstückstisch sitzen und ihm das Brötchen nicht geben wollen.

»Sag ich doch die ganze Zeit.«

Thorsten macht wieder ein Idiotengesicht. Diesmal ohne Zunge. Dirk ist es egal, ob mit oder ohne Zunge, denn Thorsten kriegt gleich noch mal eins auf den Hinterkopf. »Wenn du mich noch einmal schlägst, gehe ich zu den Bullen«, sagt Thorsten und tut, als ob es wehgetan hätte.

»Mach doch«, sagt Dirk. Man merkt sofort, dass der keine Angst hat. Jedenfalls nicht vor den Bullen.

»Mach ich auch«, sagt Thorsten.

»Die behalten dich wahrscheinlich gleich da. Die erkennen einen Gauner, wenn sie ihm in die Augen schauen.«

»Ich bin minderjährig, die können mir gar nichts«, sagt Thorsten.

»Ach, und was bringt dir das?«

»Sehr viel.«

»Das glaubst auch nur du.«

»Ja, das glaube ich«, sagt Thorsten und macht ein Besserwissergesicht.

Ich kann zwar nicht durch Wände gehen, aber vielleicht bin ich ja unsichtbar. Genau so fühle ich mich in diesem Moment. Unsichtbar. Es könnte mit dem Fahrrad zu tun haben. Als ich meinen Eltern von der Fahrradsache erzählt habe, lief es genauso. Die ersten Sekunden haben sie noch zugehört und plötzlich war ich für den Rest des Gespräches nicht mehr interessant.

»Für die Polizei bist du alt genug«, sagt Dirk.

»He«, sage ich.

»Was denn?«, fragt Dirk und wendet sich mir zu.

»Der will sich bloß wichtig machen. Der will bloß Stunk«, sagt Thorsten und winkt mich weg.

»Ja, was suchst du hier überhaupt?«, fragt Dirk und zieht eine Augenbraue hoch. Hätte er spitze Ohren und gewaschene Haare, könnte er Mister Spock spielen. Mister Spock, den Vulkanier aus ›Raumschiff Enterprise‹. Die Haare müssten dann allerdings auch noch geschnitten werden. Außerdem ist Dirk viel zu jung. Also wenn ich es richtig bedenke, könnte Dirk nie und nimmer den Spock aus ›Raumschiff Enterprise‹ spielen.

»Warum antwortet der mir nicht?«, fragt Dirk.

Thorsten zieht nur die Schultern hoch und sagt: »Ist eben ein Idiot.«

»Mein Fahrrad. Es geht um mein Fahrrad«, sage ich.

Für ein paar Sekunden war ich mit Spock im Weltraum. Deshalb die kurze Verzögerung.

»Was ist das mit dem Fahrrad?«, fragt Dirk, und ich erzähle ihm kurz, was passiert ist.

»Und wo ist das Rad jetzt?«, fragt Dirk.

»Hinterm Haus«, sagt Thorsten und zeigt wieder mit seinem Daumen über die Schulter. Eigentlich unsinnig, denn er steht mit dem Rücken zur Straße.

»Und wo ist das Messer?«

Thorsten wird mindestens einen halben Meter kleiner. Wenn wir hier noch etwas stehen und reden, wird er vielleicht bald so groß sein wie ich und eine halbe Stunde später vielleicht noch viel kleiner. Kleiner und kleiner, bis er irgendwann ganz verschwindet.

»Welches Messer?«, fragt Thorsten.

»Das Messer«, sagt Dirk und macht ein ernstes Gesicht.

Ich gucke auf den Boden. Meine Augen suchen nach dem Messer. Ich habe es riesengroß in Erinnerung. Thorsten kramt in seinen Hosentaschen herum. Was sucht er da? Er hat das Messer doch vorhin fallen gelassen.

»Hier.«

Thorsten hält Dirk ein winzig kleines Taschenmesser vor die Nase.

»Das ist das Messer?«, fragt Dirk und man sieht sofort, dass er es nicht eine Sekunde lang glaubt.

»Na klar«, sagt Thorsten. »Ich habe nur das eine. Damit mache ich mir immer die Fingernägel sauber.«

Ich gucke noch einmal auf den Boden und diesmal sehe ich es. Jedenfalls ein Stück vom Griff. Der Rest des Messers ist unter Thorstens Schuh versteckt. Dirk nimmt das kleine Taschenmesser, das ihm Thorsten hinhält, und zeigt es mir.

»Ist das das Messer?«

Ich nicke. Eine gesprochene Lüge will mir nicht über die Lippen kommen. Aber lügen muss ich. Da habe ich keine Wahl. Das ist wie in der Schule. Schüler gegen Lehrer oder eine Klasse gegen die andere. Oder wie im Gefängnis. Die Gefangenen gegen die Aufseher. Da darf keiner aus der Reihe tanzen, sonst geht es ihm schlecht. Alle halten zusammen, ob sie sich nun mögen oder nicht. Wer sich daran nicht hält, ist ein Verräter. Ich möchte kein Verräter sein. Dann doch lieber ein Lügner. Wenn es darum geht, sein Fahrrad zurückzubekommen, ist das natürlich etwas anderes. Das ist eine Ausnahme. Wenn man da nicht sagt, wie es gewesen ist, kriegt man sein Rad vielleicht nie zurück.

»Ist das dein Ernst?«, fragt mich Dirk. »Als du davon erzählt hast, klang es, als wäre das Messer so groß wie mein Oberschenkel.«

Ich gucke mir Dirks Oberschenkel an. Ganz schön groß. Ich schüttle den Kopf. Nein, so groß war es nie.

»Na gut«, sagt Dirk. »Anscheinend hat Thorsten es geschafft, mit diesem winzigen Messer deinen Reifen zu zerschneiden und dir auch noch einen riesigen Schrecken einzujagen.«

Dirk guckt mich an. Ich nicke. Dirk guckt Thorsten an. Der verzieht sein Gesicht, als wäre das alles halb so schlimm. Kinderkacke.

»Zur Strafe wirst du Daniel den Reifen flicken und alles andere reparieren, was du sonst noch an dem Fahrrad kaputtgemacht hast.«

»Ich habe nichts kaputtgemacht«, sagt Thorsten empört.

»Den Reifen?«, fragt Dirk.

»Okay, den Reifen, aber sonst nichts.«

»Dann flickst du halt nur den Reifen«, sagt Dirk.

»Den Schlauch kann ich flicken, aber der Reifen selber ist hin. Wie soll ich den denn flicken?«, fragt Thorsten.

»Dann wird eben ein neuer gekauft, das ist doch ganz einfach. So, und jetzt an die Arbeit.«

Dirk sieht auf seine Armbanduhr.

»Ich fahre schnell zum Fahrradhändler und kaufe einen Reifen und du baust schon mal das Vorderrad aus und suchst das Loch im Schlauch. Daniel kann dir ja helfen. Das ist die beste Art, sich wieder zu vertragen. Am Ende macht euch das Radflicken wahrscheinlich richtig Spaß.«

Dirk greift in seine Hosentasche und holt einen Autoschlüssel heraus.

»Fast so viel Spaß, wie wenn man sich ein Bein bricht«, sagt Thorsten und zieht den Kopf ein, weil er einen weiteren Schlag von Dirk erwartet. Doch Dirk grinst uns nur an und joggt in Richtung Gartentor.

»Wer bezahlt denn den neuen Reifen?«, ruft ihm Thorsten hinterher.

»Wird dir vom Taschengeld abgezogen«, ruft Dirk gut gelaunt zurück und verschwindet um die Ecke.

»Na toll«, sagt Thorsten und durchbohrt mich mit seinem Blick.

Ich starre zurück und sage gar nichts. Jetzt, wo Thorsten kleiner wirkt, ist es viel einfacher geworden, nicht wegzulaufen.

Thorsten bückt sich und hebt sein Messer auf. Es ist immer noch ganz schön groß, besonders wenn man es mit dem kleinen vergleicht, das Dirk ihm abgenommen hat.

»Brauchst nicht glauben, dass du etwas bei mir gut hast«, sagt Thorsten und klappt das Messer zusammen.

»Warum sollte ich bei dir etwas gut haben?«, frage ich ihn.

»Weil du mich wegen dem Messer nicht verpfiffen hast.«

»Habe ich nicht für dich gemacht«, sage ich und drehe mich um. Mit lockeren Schritten gehe ich um das Haus herum. Auf der Suche nach meinem Rad.

»Da bist du ja«, sage ich und bleibe davor stehen. Traurig sieht es aus. So ein kaputter Vorderreifen lässt ein Fahrrad gleich wie Schrott aussehen. Besonders wenn es einsam und verlassen gegen eine Hauswand lehnt. Thorsten kommt um die Ecke und baut sich vor mir auf.

»Wie meinst du das?«, will er wissen.

»Was?«, frage ich ohne ihn anzusehen.

»Dass du das nicht für mich gemacht hast. Das mit dem Messer. Für wen denn sonst?«

»Für mich«, sage ich und zucke mit den Schultern.

»Was hast du denn davon? Glaubst du, du kannst mir mein Messer stehlen?«

»Nee.«

»Glaubst du, ich schenke es dir? Wäre doch doof, dann hätte ich es gleich Dirk geben können.«

»Nee«, sage ich und gehe in die Hocke, um mein Rad genauer zu untersuchen. Wer weiß, was so eine Nacht im Heim alles anrichten kann.

»Warum hast du mich dann nicht verraten?«, fragt Thorsten und kniet sich zu mir. Langsam wird es ihm wichtig, eine Antwort zu bekommen.

»So was macht man einfach nicht«, sage ich und stehe wieder auf. Außer dem Reifen scheint alles in Ordnung zu sein.

»Ach so. Bist ein Ritter, oder was? Mit Ehrenkodex, oder wie?«

Thorsten steht auch auf und streckt mir das Kinn entgegen. So, als wollte er mich reizen. Als wollte er mich reizen, ihm eine runterzuhauen. Nur um eine Ausrede zu haben, warum er mich danach krankenhausreif geschlagen hat. So einer ist Thorsten, da bin ich mir sicher.

»Ein edler Ritter oder was?«, fragt Thorsten nach und lässt es so klingen, als wäre ein edler Ritter das Letzte. Weniger als ein Stück Dreck auf der Müllkippe.

»Ritter bin ich nicht«, sage ich. »Verräter aber auch nicht.«

»Da ist ja der Angsthase!«, ruft ein Mädchen quer durch den Garten.

Ich drehe mich um und sehe, wie mindestens zehn Kinder auf mich zugelaufen kommen. Sie scheinen von überall zu kommen.

»Was will der denn hier?«, fragt ein Junge. Etwa mein Alter, etwa meine Größe. Er guckt Thorsten an und zeigt mit dem Finger auf mich.

»Er hat mit dem Neuen geredet, weil er sein Rad zurückwill.«

»Warum muss er da erst den Neuen fragen?«, sagt ein anderer, der sich gerade Erde aus den Haaren schüttelt.

»Ich muss ihm jetzt das Rad flicken und den Reifen bezahlen.«

»So ein Arschloch«, sagt ein Mädchen mit kurzen Haaren.

»Petze«, sagt ein Junge.

»Verräter«, sagt ein anderer.

»Nee«, sagt Thorsten. »Verräter ist er nicht.«

Er guckt mich an und lächelt abwertend. Dann sagt

er ohne den Blick von mir zu nehmen: »Na ja, vielleicht eine Petze. Verrat ist nur was für Männer.«

Ich will auch was sagen. Etwas, das ihn ganz klein und hässlich macht. Etwas, worauf er nichts erwidern kann. Die Antwort aller Antworten. Doch die vielen Kinder um mich herum machen mich unsicher. Mir fällt nicht mal etwas Dummes ein. Mir fällt gar nichts ein. Gleich werden sie näher zusammenrücken. Sie werden mich zerdrücken. Ich habe keine Chance. Es sind zu viele.

Bevor irgendjemand auch nur den Finger bewegen kann, kommt Dirk um die Ecke gespurtet.

»Ich habe vergessen mir die Reifengröße aufzuschreiben«, sagt er. Er ist in Topform. Trotz der Rennerei atmet er nicht einmal schwer. Schwitzen tut er auch nicht. Sportlicher als wir alle zusammen. Wahrscheinlich ist das Pflicht für Erzieher. Sie müssen jeden Tag drei Stunden Kampftraining machen, damit sie sich bei einem Aufstand ordentlich wehren können.

»Ihr habt ja noch gar nicht angefangen«, sagt Dirk, als er sich vor den Reifen kniet, um die Größe abzulesen.

»Wir haben kein Werkzeug. Der Schrank ist abgeschlossen«, sagt Thorsten.

»Abgeschlossen?«

Dirk klingt erstaunt. Wie kann er sich nur wundern? Der muss auf seiner Erzieherschule die meiste Zeit geschlafen haben. Ist doch klar, dass man hier das Werkzeug wegschließt. Ansonsten könnten alle locker ausbrechen. Lass einen Werkzeugkasten für eine Stunde herumstehen und nächsten Tag hast du ein leeres Heim. Ganz klar.

»Petra hat den einzigen Schlüssel und Petra ist einkaufen«, sagt ein Mädchen mit lockigen Haaren.

»Ich habe auch einen Schlüssel«, sagt Dirk und hält seinen Schlüsselbund hoch. Ganz so, als würde ihm sonst keiner glauben.

Thorsten und ich folgen Dirk zum Werkzeugschrank. Hier gibt es jede Menge tolle Sachen. Bohrmaschinen und elektrische Sägen, Schraubenschlüssel, Zangen und Schraubenzieher. Alles, was man braucht, aber nichts, was ich nicht kenne. Papa hat als verrückter Professor auch jede Menge Werkzeug. Er hat mindestens zehnmal so viel in seinem Keller. Ich glaube, jeder verrückte Professor hat alle Werkzeuge, die es überhaupt gibt. Und wenn es ein Werkzeug noch nicht gibt, erfindet er es eben.

»Sucht euch raus, was ihr braucht«, sagt Dirk.

Das Werkzeug sieht noch schmieriger aus als Dirks Haare. Thorsten kniet sich vor eine Kiste und kramt darin herum. Es macht einen metallischen Lärm. Ich bin sicher, dass er es extra laut macht, um uns zu ärgern. Das passt zu ihm.

Da. Da ist der Beweis. Eben hat er etwas in seinem Ärmel verschwinden lassen. Hätte ich ihm nicht genau auf die Finger geguckt, hätte ich es gar nicht bemerkt. Dirk sieht natürlich nichts. Er ist ja noch neu. Das bin ich zwar auch, aber ich weiß, dass Gefängnis, Krankenhaus und Heim in etwa ein und dasselbe sind. Jedenfalls haben sie eine Sache gemeinsam. Die, die drin sind, wollen wieder raus.

»Ich habe, was ich brauche«, sagt Thorsten und steht auf.

Er hat das Werkzeug für das Fahrrad in der Hand, das Werkzeug für den Ausbruch im Ärmel und einen fertigen Plan im Kopf. Da bin ich mir ganz sicher.

München oder Tante Olga

Es beginnt zu regnen, als ich mit meinem grünen Flitzer auf dem Weg nach Hause bin. Kurz vor der letzten Ecke steht die feindliche Agentin mit der großen Brille. Sie trägt einen gelben Regenmantel, aber die Kapuze hat sie nicht aufgesetzt. Ihr Nachthemd guckt ein gutes Stück unter dem Mantel heraus und scheint schon ziemlich nass zu sein. Sie winkt, als ich näher komme. Ich winke kurz zurück, bleibe aber nicht stehen, sondern rausche mit voller Geschwindigkeit um die Ecke und an ihr vorbei. Bei unserem Haus angekommen, werfe ich noch einen Blick zurück und sehe, dass mir die Agentin ein Stück hinterher gelaufen ist. Offensichtlich verfolgt sie mich. Ich verschwinde durch die Hecke in unseren Garten und bringe mein Fahrrad in den Schuppen. Hier treffe ich Mama.

»Was suchst du denn?«, frage ich.

»Oh, Daniel. Ich habe dich gar nicht kommen hören.«

Mama guckt mich kurz an und sucht dann weiter. Sie kramt in der Müllecke herum. Es ist kein echter Müll, in dem sie herumsucht. Es ist nur allerhand altes Zeug, das keiner wegschmeißen will. Allerdings haben wir jede Menge davon. Der Fahrradschuppen ist ziemlich groß. Eigentlich müsste er Müllschuppen heißen, so wie es hier aussieht.

»Was suchst du denn?«, frage ich noch einmal.

Sie dreht sich mir wieder zu.

»Dein Fahrrad. Du hast ja dein Fahrrad wieder.«

»Ich habe es mir selber geholt. Ich dachte, ihr habt bestimmt genug zu tun, und ich bin ja schon alt genug, um mich selber um solche Sachen zu kümmern, und ja, deshalb«, sage ich und lehne das Rad an die Wand.

»Super«, sagt Mama und sucht weiter.

»Was suchst du denn?«, frage ich zum dritten Mal und schaue an Mama vorbei auf ihre Hände.

»Eine Plastikschüssel. Eine grüne Plastikschüssel. Ziemlich groß, fast eine Wanne. Ich bin sicher, die ist hier irgendwo. Erinnerst du dich? Als du ein Baby warst, hast du immer darin gebadet.«

Ich gucke sie an, als hätte sie chinesisch geredet.

»Natürlich nicht. Du warst ja noch ein Baby.«

Sie geht einen Schritt weiter und durchwühlt einen anderen Teil vom Kramhaufen.

»Und wofür brauchst du die Wanne?«, frage ich und suche mit den Augen den Schuppen ab.

»Papa hat neue Solarzellen auf dem Dach angebracht. Jetzt regnet es durch. Bis wir das Loch dicht haben, stellen wir einfach eine Wanne drunter.«

Das ist typisch. Papa bastelt herum, und wenn was kaputtgeht, muss Mama sich darum kümmern.

»Ist Papa auf dem Dach?«, frage ich.

»Er ist im Keller. Irgendeine fantastische Idee ist ihm gekommen, gerade als wir das Loch im Dach entdeckt haben.«

»Wie immer«, sage ich.

»Ja«, sagt Mama. »Ach, und bevor ich es vergesse: Wir müssen noch etwas besprechen.«

Etwas besprechen? Das klingt gar nicht gut. Das kann nur mit der Agentenbasis zu tun haben.

»Was denn besprechen?«

»Darüber reden wir nachher. Zusammen mit Papa.«

Bei Papa würde ich die nächsten zehn Minuten nicht lockerlassen, aber bei Mama mache ich nicht mal einen Versuch. Wenn sie sich entschlossen hat, nicht darüber zu reden, ist sie stumm wie ein Fels.

»Na gut«, sage ich und gucke noch einmal schnell durch den Schuppen, ob die Plastikwanne nicht irgendwo ganz offensichtlich herumsteht. Als ich nach einer Minute nichts gefunden habe, laufe ich raus in den Regen. Bevor ich zur Haustür renne, werfe ich noch einen Blick die Straße hinunter. Die Agentin mit der Brille ist nicht mehr zu sehen. Zufrieden rette ich mich ins trockene Haus.

»Papa?«

Er ist nicht im Keller.

Ich renne durch das Haus und rufe in jedes Zimmer hinein. Plötzlich höre ich von oben eine Stimme.

»Aufwachen. Aufwachen! Guten Morgen. Es hat ein neuer Tag begonnen. Du solltest dich damit abfinden, das Bett zu verlassen.«

Das ist Papas Wecker. Er wird sich doch nicht schon schlafen gelegt haben? Es ist mitten am Tag, da schläft er sonst nie.

Ich springe die Treppe hinauf. Die Tür zu seinem Schlafzimmer ist nur angelehnt. Vorsichtig öffne ich sie und schiebe meinen Kopf durch den Spalt.

»Papa?«

Er hockt unter dem offenen Fenster und bastelt an irgendetwas herum. Als er mich hört, dreht er den Kopf zur Tür. Er sieht mich und lächelt. Er sieht immer etwas verrückt aus, wenn er lächelt. Das muss am Beruf liegen.

»Daniel«, sagt er. »Guck mal, ich erweitere gerade meinen Wecker.«

Ich gehe ein paar Schritte auf Papa zu, um zu sehen, was ein Fenster mit einem Wecker zu tun haben kann.

«Tolle Sache, was?«, sagt Papa und sieht stolz aus.

Das ist typisch. Er glaubt immer, dass jeder sofort weiß, was er meint, obwohl er noch gar nichts dazu gesagt hat.

»Was soll denn passieren, wenn es fertig ist?«, frage ich.

»Folgendes«, sagt er und hebt ernst einen Zeigefinger. »Du weißt doch, wie schwer ich jeden Morgen aufstehe. Am liebsten würde ich den halben Tag im Bett verbringen.«

Ich nicke. Das stimmt. Wenn er in seinem eigenen Bett schläft, sehe ich ihn fast nie zum Frühstück. Wenn er bei Mama schläft, sieht das anders aus. Da ist er immer ziemlich früh putzmunter. Allerdings schnarcht er oft so laut, dass er meistens in seinem eigenen Zimmer schlafen muss. »Andererseits habe ich immer zu wenig Zeit«, sagt er und ich nicke wieder. »Also sollte ich früher aufstehen. Und deshalb baue ich mir diese Aufstehhilfe.«

»Aha«, sage ich.

Papa zeigt auf seine Konstruktion.

»Wenn der Wecker klingelt, springt dieser kleine Motor hier an und öffnet das Fenster. Ganz weit. Gleichzeitig wird mir die Decke weggezogen und dieser Riesenventilator am Ende meines Bettes bläst mir die frische Morgenluft direkt ins Gesicht.«

»Brrrr«, mache ich und schüttele mich dazu. Das klingt sehr ungemütlich.

»Davon werde ich in null Komma nichts wach und stehe automatisch auf, weil es im Bett nicht länger gemütlich ist.«

»Das klappt bestimmt«, sage ich.

»Darauf kannst du dein Fahrrad verwetten«, sagt er. Plötzlich verschwindet sein Lächeln. »Wir müssen ja noch zum Heim gehen und dein Fahrrad holen.«

Ich schüttele den Kopf.

»Habe ich schon alleine gemacht. War kein Problem. Das Vorderrad ist auch wieder in Ordnung.«

»Nein«, sagt Papa ungläubig.

»Doch«, sage ich.

»Echt?«

Warum glaubt er mir denn nicht? Ich brauche eine Sekunde, bis ich kapiere. Richtig. Er darf ja gar nichts von dem Geheimauftrag wissen, deshalb spielt er jetzt den Ahnungslosen. Etwas auffällig, wie ich finde.

»War halb so wild«, sage ich.

»Da fällt mir ja ein Riesenstein vom Herzen«, sagt Papa und schmeißt seine Zange in den Werkzeugkasten.

»Ich hatte es mir schlimmer vorgestellt«, sage ich und erzähle ihm kurz, was passiert ist.

»Das hast du prima gemacht«, sagt er. »Ich habe mir

schon den ganzen Tag Ausreden ausgedacht, nur um nicht mitkommen zu müssen. Ich hatte gehofft, du würdest alleine mit Mama hingehen. Ich finde solche Sachen schrecklich.«

»Ach was, Papa. Das hättest du auch geschafft. Ganz sicher.«

Obwohl ich nicht ganz sicher bin, wie ernst er es meint, habe ich das Gefühl, ihn trösten zu müssen. Unten wird die Haustür geöffnet. Das muss Mama sein.

»Mama sagte, ihr wollt was mit mir besprechen?«

»Richtig, habe ich ganz vergessen«, sagt Papa und steht langsam auf.

Plötzlich sieht er wieder aus, als hätte er einen großen Berg auf den Schultern.

»Komm mit«, sagt Papa.

Ich laufe ihm hinterher die Treppe hinunter.

»Na, ihr beiden«, sagt Mama, als sie uns sieht. »Ich habe die Schüssel gefunden. Allerdings ist sie gelb und nur halb so groß, wie ich dachte.«

Sie hält uns eine Plastikschüssel entgegen. Alt, ausgebleicht und gerade genug Platz für einen gemischten Salat.

»Hast du Daniel schon erzählt, was in den nächsten Tagen ansteht?«, fragt sie Papa, als wäre ich nicht mit im Zimmer.

»Das wollten wir doch zusammen machen«, sagt Papa und guckt, als wenn er mir nie und nimmer etwas verraten würde.

Wir gehen in die Küche. Papa macht Kaffee und Mama holt Kuchen und Saft aus dem Schrank und stellt es auf den Tisch. Die beiden machen es wirklich spannend.

Als wir alle am Tisch sitzen, fängt Papa an: »Mein Bruder geht für ein paar Tage ins Krankenhaus. Ich muss mich in der Zeit um Tante Olga kümmern. Übermorgen fahre ich los.«

Ich warte, dass er endlich mit der schlechten Nachricht rausrückt, aber es kommt nichts. Dafür macht Mama weiter: »Und du weißt ja, dass ich nach München muss, um eine Ausstellung vorzubereiten. Der Termin steht schon seit Wochen, den kann ich nicht absagen.«

Mama ist Architektin. Sie entwirft Häuser, die nie gebaut werden. Ab und zu stellt sie ihre Entwürfe in einer Galerie aus, doch meistens hängen sie nur bei uns zu Hause an der Wand.

»Soll ich alleine hier bleiben?«, frage ich.

»Nein«, sagt Mama. »Du kommst natürlich mit. Du musst dich nur entscheiden, ob du mit Papa fährst oder mit mir.«

Schade. Ich hatte gehofft hier bleiben zu können. Das wäre bestimmt spannend geworden.

»Eines muss dir allerdings klar sein«, sagt Papa. »Viel Zeit wird keiner von uns für dich haben.«

»Hm!«, mache ich.

Mit Mama auf ihrer Ausstellung wird es bestimmt aufregender, als mit Papa die alte Tante zu pflegen. Aber Papa braucht eher eine Aufmunterung. Die ganze Zeit alleine mit Tante Olga rumzuhängen ist bestimmt kein Spaß.

»Hm!«, mache ich noch einmal, denn die Entscheidung fällt schwer.

»Du brauchst dich nicht gleich zu entscheiden«, sagt Mama. »Überlege es dir bis morgen. Wir sind ja noch zwei Tage hier.«

Ich schaue auf meinen leeren Teller.

»Also München«, sage ich.

». . . oder Tante Olga«, sagt Papa.

»Richtig«, sagt Mama und legt mir ein besonders großes Stück Kuchen auf den Teller.

Zwei Tage später

Mama und Papa wollen um elf Uhr losfahren. Tante Olga wohnt südlich von München. Irgendwo in den Alpen. Papa kann Mama auf dem Weg dorthin absetzen. Jetzt ist es kurz nach sieben Uhr morgens. Bleiben also noch vier Stunden.

Bevor ich mich wasche, gehe ich noch einmal durch den Schrank. Die Agentenbasis wird mir fehlen, egal wie ich mich entscheide. Ich öffne den Tresor. Ich habe die Scharniere geölt. Da quietscht jetzt nichts mehr.

Das letzte Überraschungsei liegt neben meiner Agentenausrüstung. Ich habe drei Pässe mit verschiedenen Namen, eine Dienstmarke, ein paar Strumpfmasken, ein Funkgerät, ein Taschenmesser, eine Pistole und natürlich einen Haufen Geld. Die Pässe habe ich mir mit Papas Computer ausgedruckt und die Marke ist aus Plastik. Die Masken habe ich aus Mamas Schrank. Es sind braune Nylonstrümpfe, so wie Bankräuber sie gerne tragen. Man kann kaum mit den Augen blinzeln, wenn man sich so ein Ding über den Kopf zieht, aber dafür sieht man richtig fies aus. Länger als drei Minuten halte ich das allerdings noch nicht aus. Mit etwas Übung komme ich dieses Jahr noch bis zu einer halben Stunde. Da bin ich sicher. Das Funkgerät habe ich von Papa. Es ist schon ziemlich alt und hat nur einen Kanal, aber es funktioniert noch einwandfrei. Wenn ich noch jemanden kennen würde, der auch ein Funkgerät hat, wäre das eine absolute Supersache. Ohne einen Funkpartner sieht es einfach nur toll aus. Das ist immerhin etwas. Das Taschenmesser ist stumpf, aber auch echt. Und die Pistole sieht echt aus, knallt aber nicht, wenn man abdrückt. Außerdem ist sie wie die Marke aus Plastik. Ich habe mir ein Schulterhalfter gebastelt, mit dem ich mir die Waffe unter die linke Achsel schnallen kann. Ich habe eine Menge trainiert. Mittlerweile kann ich sogar die Pistole aus dem Halfter ziehen, während ich in Deckung springe und abrolle. Ich bin schnell. Ich bin gut. Ich bin zum Agenten geboren. Das Geld habe ich aus unserem Monopolyspiel. Also auch nicht echt. Das Überraschungsei ist natürlich echt, da gibt es keine Frage. Ich halte es mir ans Ohr und schüttele. Es fühlt sich ungewöhnlich leicht an und klappern tut nur die gelbe Plastikbox im Ei. Vielleicht doch nicht echt. Ich pule die Alufolie ab und trenne die Schokoladenhälften.

Ich denke, ich werde mit Mama fahren. Ich war noch nie in München und die Ausstellungseröffnungen gehen meist bis spätabends. Da darf ich bestimmt länger aufbleiben. Obwohl das mit Papa alleine wahrscheinlich auch geht.

Ich schiebe mir die eine Eihälfte in den Mund. Die gelbe Plastikbox ist so leicht, als wäre überhaupt nichts drin.

Es tut mir echt Leid für Papa, aber jetzt habe ich mich entschieden. Ich fahre mit Mama nach München.

Ich öffne die Plastikbox und kann nicht glauben, was ich sehe. Ich sehe nichts außer einem leeren Plastikei. Das ist mal eine echte Überraschung. Ein Überraschungsei ohne Überraschung. Das ist so ungewöhnlich, dass ich deswegen gar nicht richtig sauer sein kann.

Plötzlich knackt es in meinem Funkgerät. Das ist fast noch ungewöhnlicher. Was heißt hier fast? Das ist tatsächlich ungewöhnlicher als ein Überraschungsei ohne Überraschung. Ich habe doch gar keine Batterie in meinem Funkgerät. Wozu auch, wenn ich niemanden zum Funken habe. Ich nehme das Gerät in die Hand und gucke es an, als hätte ich es noch nie gesehen. Das grüne Lämpchen neben dem Lautstärkeregler leuchtet. Ich gucke in das Fach auf der Rückseite und finde tatsächlich eine Batterie.

»Windhund, bitte kommen«, quakt es aus dem Lautsprecher heraus.

Ich schmeiße das Funkgerät vor Schreck in die Ecke.

»Windhund, bitte kommen.«

Ein Glück, kaputt ist es durch den Wurf nicht gegangen. Ich habe den ersten Schreck überwunden und nehme das Gerät wieder in die Hand und drücke die Sprechtaste:

»Hallo, hier Windhund«, melde ich mich.

»Du weißt, wer hier spricht?«

»Ja.«

»Hör gut zu. Du bekommst jetzt deine neue Aufgabe.«

»Ich bin bereit«, sage ich.

»Du musst drei Tage mit deinem Opa verbringen.«

»Ach.«

»Das wird bestimmt hart, aber das sind Agenten auch.«

»Wie?«

»Wir haben dafür gesorgt, dass deine Eltern für ein paar Tage verreisen müssen.«

»Ich weiß«, sage ich.

»Den Rest musst du schon alleine machen. Dein neuer Codename ist *Totengräber.* Viel Glück. Over und aus.«

Meine Hand zittert. Die Sache ist richtig unheimlich. Mama und Papa haben sich wirklich Mühe gegeben, damit es so echt wie möglich wirkt. Und manchmal habe ich selbst schon fast daran geglaubt. Fast. Immer nur fast daran geglaubt. Natürlich ist es kein Problem für einen verrückten Professor, sich ein Funkgerät zu beschaffen, und mit dem Computer kann man ganz einfach die Stimme verzerren. Ich habe das schon oft mit Papa zusammen gemacht. Man kann damit eine Menge machen. Es klingt dann zwar völlig fremd, allerdings immer wie eine Maschine. Nie wie ein normaler Mensch. Was eben aus meinem Funkgerät kam, war eine echte Stimme. Da bin ich mir sicher. Eine alte Stimme. Und sie klang überhaupt nicht nach Papa.

Pure Zitrone

Am Frühstückstisch fragt Papa nach meiner Entscheidung.

»Ich will hier bleiben«, sage ich, »bei Opa in der Laube.«

»Wie bitte?«, fragt Mama.

»Was?«, fragt Papa.

»Bei Opa«, sage ich, als wenn nichts dabei wäre.

»Völlig unmöglich.«

»Das geht nicht.«

Mama und Papa gucken sich an und schütteln gleichzeitig den Kopf. Sie sehen aus, als würden sie gar nichts mehr verstehen.

»Aber ich könnte Opa doch im Garten helfen und für ihn einkaufen. Außerdem könnte ich weiter zur Schule gehen.«

»Seit wann gehst du gerne zur Schule?«, fragt Papa.

»Da steckt doch irgendetwas dahinter«, sagt Mama und guckt mich an, als hätte ich versucht sie anzulügen.

»Na ja«, sage ich, »wir schreiben zwei Tests in den nächsten Tagen, und wenn ich jetzt fehle, muss ich nachschreiben.«

»Na und?«, fragt Papa. »Ist doch viel besser. Da hast du doch noch extra Zeit, um dich vorzubereiten.«

»Aber da muss ich dann ganz alleine in einem Raum sitzen. Alleine mit einem Lehrer.«

»Und?«, sagt Mama.

»Das kann doch wohl nicht alles sein«, sagt Papa.

Ich druckse ein wenig herum, weil mir nichts einfällt.

»Da kann ich nicht abschreiben oder einen Spickzettel benutzen«, sage ich und tue, als ob es mir schwer fallen würde, so was zuzugeben.

»Ach, so ist das«, sagt Mama.

»Verständlich«, sagt Papa.

»Na ja«, sagt Mama. »Aber deshalb ein paar Tage mit Opa verbringen? Freiwillig? Ich weiß ja nicht.«

»Wenn er unbedingt will«, sagt Papa.

»Erst mal müssen wir Opa fragen«, sagt Mama. »Ich rufe ihn gleich an.«

Mama will aufstehen, Papa legt ihr die Hand auf den Arm. »Wozu anrufen?«, fragt er. »Wenn Opa jetzt *Ja* sagt, heißt das gar nichts. Wenn wir eine halbe Stunde später bei ihm vor der Tür stehen, hat er das längst vergessen. Am besten, Daniel packt einfach seine Sachen, und wenn wir aufbrechen, fahren wir kurz bei Opa vorbei. Sollte Opa einverstanden sein, bleibt Daniel bei ihm, sollte er was dagegen haben, kommt er mit uns mit. Bis wir in München sind, wird er sich dann entschieden haben, bei wem er bleiben will.«

»Klingt vernünftig«, sagt Mama.

»Klingt super«, sage ich und springe vom Stuhl auf. Das kriege ich schon hin.

»Na, dann pack mal deine Sachen«, sagt Papa.

»Habe ich gestern schon gemacht«, sage ich.

Mama sieht Papa an und sagt: »Du bist mal wieder der Einzige, der noch nicht fertig ist.«

»Hm!«, macht Papa, »dann werde ich mal schnell was zusammenpacken.«

Er schiebt sich noch den Rest des Brötchens in den Mund und geht kauend aus der Küche.

Opa sitzt draußen an seinem Tisch und winkt uns zu. Er hat gute Laune, das sieht man gleich.

»Hallo, Kinder! Was führt euch hierher?«

»Hallo, Papa«, begrüßt ihn Mama. Sie nennt ihn manchmal Opa und manchmal Papa, obwohl er eigentlich Papas Vater ist.

»Hallo«, sagt Papa. »Wir wollten dich was fragen.«

»Setzt euch zu mir und genießt den schönen Tag. Ich bin mein Leben lang Sachen gefragt worden. Ich werde mir zuerst einmal überlegen, ob ich überhaupt noch etwas gefragt werden will.«

Das fängt ja gut an. Jetzt müssen wir schon fragen, ob wir fragen dürfen. Um Opa bei Laune zu halten, tun wir, als hätten wir alle Zeit der Welt. Wir setzen uns zu ihm an den Tisch und unterhalten uns, als wäre es ein Tag wie jeder andere.

»Ihr habt doch sicher Durst. Wartet. Ich hole schnell etwas Limonade. Selbst gemacht.«

Opa wartet keine Antwort ab, sondern verschwindet im Haus.

»Wer geht dieses Mal und holt ihn wieder raus?«, fragt Papa und guckt uns abwechselnd an, als würde sich gleich einer freiwillig melden.

Wir brauchen nicht weiter zu streiten, wer gehen soll, denn Opa kommt von alleine wieder. Er trägt ein Tablett mit einem Krug und vier Gläsern. Als Opa uns eingeschenkt hat, gehen wir davon aus, dass er vergessen hat, dass er vielleicht nichts gefragt werden will. Papa räuspert sich.

»Melanie und ich müssen für ein paar Tage verreisen. Daniel will nicht mitkommen. Er will die Zeit lieber mit dir verbringen. Was hältst du davon?«

Jetzt ist es heraus. Zu dritt halten wir den Atem an.

»Aha«, sagt Opa. »Na klar. Warum nicht?«

Das war alles? So einfach? Ich dachte, wir müssten ihn eine halbe Stunde lang überreden. Mindestens. Mama und Papa geht es ebenso. Keiner sagt etwas. Alle haben wir den Mund offen und glauben nicht, was eben passiert ist. Ich nehme einen großen Schluck von der Limonade und bereue es sofort. Pure Zitrone. Kein Zucker. Mein Mund zieht sich so stark zusammen, dass ich meine Zunge nicht mehr bewegen kann. Papa wollte auch gerade einen Schluck trinken, doch als er mein Gesicht sieht, stellt er sein Glas wieder auf den Tisch und tut, als ob er husten müsste. Nicht sehr überzeugend. Mama findet als Erste ein paar Worte.

»Ja. Na dann. Nun«, sagt sie und guckt Papa an.

»Deine Sporttasche hast du ja«, sagt Papa zu mir. »Dann fahren wir mal los, sonst wird es zu spät.«

»Wofür zu spät?«, fragt Opa.

»Wir wollen heute noch nach München und ich fahre doch so ungern im Dunkeln«, sagt Mama.

»Soll *er* doch fahren«, sagt Opa und zeigt auf Papa. »Früher sind immer die Männer gefahren. Warum das ändern? In was für merkwürdigen Zeiten leben wir heute nur?«

»Es ist sicherer, wenn Melanie fährt«, sagt Papa. »Ich bin kein guter Fahrer.«

Opa guckt mich an und sagt: »Und das soll mein Sohn sein. Kein guter Fahrer? Den müssen sie im Krankenhaus vertauscht haben.«

Ich grinse, denn das sollte ein Witz sein. Opa lässt ein gackerndes Lachen hören. Er öffnet dabei kaum den Mund und das Lachen kommt tief aus seiner Kehle. Es klingt, als hätte er etwas im Hals. Aber seine Augen funkeln dabei und machen ihn für einen Augenblick wieder jung.

»Das ist es!«, ruft er. »Du bist gar nicht mein Sohn. Bei uns in der Familie hatten alle immer volles Haar. Jetzt guck dich an. Ein junger Mann und schon eine Glatze.«

»Die habe ich mir freiwillig rasiert«, sagt Papa.

»Freiwillig? Eine Glatze? Bist du verrückt? Andere Leute zahlen viel Geld dafür, ihre Haare zu behalten. Oder sie kaufen sich ein teures Toupet, und du? Du rasierst dir freiwillig eine Glatze. Hat man so was schon gehört.«

»Also wir gehen jetzt lieber«, sagt Mama. Sie drückt mich noch einmal und flüstert mir ins Ohr: »Letzte Chance, es dir anders zu überlegen.«

Ich schüttele schnell den Kopf, bevor ich Zeit habe nachzudenken und es mir wirklich anders überlege. Mama gibt mir einen Kuss auf die Wange und umarmt mich. Papa drückt mir kurz die Nase und macht dazu ein Geräusch wie eine alte Hupe.

»Tschüs, Opa«, sagt Mama und umarmt auch ihn.

»Tschüs, Papa«, sagt Papa und legt Opa für eine Sekunde die Hand auf die Schulter.

»Habt ihr noch was vor, dass ihr euch so schnell verdrückt?«, fragt Opa.

»Wir müssen los«, sagt Mama. »Wir wollen heute noch nach München. Am liebsten, bevor es dunkel wird.«

Sie sagt es so, als hätte es heute noch niemand gesagt.

Opa nickt und antwortet: »Recht so. Lieber nicht im Dunkeln fahren. Im Hellen ist es viel sicherer.«

Alle lächeln, alle nicken und dann gehen Mama und Papa durch das Gartentor und lassen mich zurück. Sie winken noch einmal.

»Na los«, sagt Opa. »Beeil dich, sonst gehen sie ohne dich.«

»Aber ich bleibe doch hier«, sage ich. »Bei dir.«

»Hier? Bei mir? Wie lange denn?«

»Mindestens die nächsten drei Tage. Auf alle Fälle, bis Mama aus München zurückkommt. Papa bleibt bestimmt länger weg, der muss Tante Olga pflegen.«

»Ach so«, sagt Opa. »Und du sollst so lange bei mir bleiben? Warum sagt mir denn keiner was davon?«

Er schüttelt den Kopf und setzt sich mit einem Seufzer auf die Holzbank. Ich setze mich auf die andere Bank und stütze mein Kinn auf die Hände. Mein Kopf kommt mir unendlich schwer vor. Schwerer als schwer, so schwer, wie es mir fallen wird, die nächsten drei Tage mit einem Opa zu verbringen, dem man alle fünf Minuten den gleichen Witz erzählen kann. Jedes Mal den gleichen Witz und jedes Mal wird er lachen, als hätte er ihn gerade zum ersten Mal gehört.

Dreimal pro Stunde

Der erste Tag ist die Hölle. Schon nach einer Stunde zähle ich mit, wie oft Opa mich fragt, warum ich bei ihm bin. Doch irgendwann komme ich durcheinander und gebe es auf. Ich schätze, so ungefähr beim tausendsten Mal. Würde er sich mit einer Antwort zufrieden geben, ginge es noch. Doch jede Antwort bringt ihn auf eine neue Frage. Und es sind immer die gleichen Fragen und ich gebe immer die gleichen Antworten. Das sieht so aus:

»Was machst du denn hier?«, fragt Opa.

»Ich wohne doch die nächsten drei Tage bei dir«, antworte ich.

»Wieso das?«

»Mama und Papa mussten verreisen und ich wollte weiter zur Schule gehen.«

»Warum mussten die verreisen?«

»Mama hat eine Ausstellung in München und Papa muss Tante Olga pflegen.«

»Ist Olga krank?«

»Olga liegt doch schon seit zwei Jahren im Bett und muss gepflegt werden.«

»Wer pflegt sie denn sonst?«

»Onkel Herbert.«

»Und warum kann Herbert sie nicht selber pflegen?«

»Weil er ins Krankenhaus muss.«

»Ins Krankenhaus? Was Ernstes?«

»Nein, nichts Ernstes.«

»Wie lange muss er denn da bleiben?«

»Nur ein paar Tage.«

»Warum bist du nicht mitgefahren?«

»Ich schreibe ein paar wichtige Tests in der Schule, die ich nicht versäumen will.«

»Ah ja«, sagt Opa dann und gibt für eine Weile Ruhe.

Dieses Gespräch haben wir dreimal pro Stunde. Genau so. Immer gleich. Bis ich anfange, ihm sofort in einem Satz zu antworten. Das sieht jetzt so aus:

Opa fragt: »Was machst du denn hier?«

Und ich antworte: »Ich wohne doch die nächsten drei Tage bei dir, weil Mama in München eine Ausstellung hat und Papa Tante Olga pflegen muss, die ja schon seit zwei Jahren im Bett liegt und die normalerweise von Onkel Herbert gepflegt wird, aber Onkel Herbert muss für kurze Zeit ins Krankenhaus, nichts Ernstes, nur eine kleine Operation, dauert höchstens drei Tage, und ich wollte nicht mitfahren, weil ich ein paar wichtige Tests in der Schule habe, die ich nicht versäumen möchte.«

»Ah ja«, sagt Opa dann, und ich habe wieder meine Ruhe.

Jetzt schicken sie schon Kinder

Hier kannst du schlafen.«

Opa zeigt auf das Sofa. Es liegen ein paar Kissen auf den Polstern, aber keine Decke.

»Kann ich eine Decke haben?«, frage ich.

»Eine Decke. Ja, klar.«

Opa verschwindet in seinem Schlafzimmer. Zehn Minuten später höre ich ihn schnarchen. Wenn ich mich jetzt zu ihm ins Zimmer schleiche, wacht er bestimmt auf und denkt, ich bin ein Einbrecher. Also lege ich mich auf das Sofa und versuche mich so gut es geht mit den Kissen zuzudecken.

Es geht nicht besonders gut. Es geht eigentlich gar nicht. Die Kissen rutschen immer wieder von mir herunter. Schlafen kann ich so auf keinen Fall. Ich stehe wieder auf und durchsuche das Haus nach einer Decke. Nur Opas Zimmer bleibe ich fern. In der Garderobe finde ich einen Mantel. Der wird reichen. Ich lege mich wieder hin und decke mich mit dem Mantel zu. Er ist zwar dünner als eine normale Bettdecke, aber dafür doppelt so schwer. Und er riecht ganz komisch. Er riecht alt, nach Schweiß und Essen und Feuer und Rauch. Etwas nach Erde und nassem Laub. Er riecht nach Abenteuer und Gefahr. Zugedeckt mit diesem Mantel werde ich bestimmt spannende Träume haben.

Ich habe das Gefühl, nur ein paar Minuten geschlafen zu haben, als Opa mich weckt. Er hat das Licht angemacht. Es ist so hell, dass ich blinzeln muss.

»Warum hast du mich verraten?«

»Was ist los?«, frage ich und reibe mir die Augen. Mir tut jeder Knochen weh. Das Sofa ist wahnsinnig unbequem.

»Warum hast du mich verraten? Ich habe dir nie etwas getan. Warum hast du mich verraten?«

Opa sieht verzweifelt aus. Ich habe keine Ahnung, was er von mir will. Der Schlaf sitzt noch wie Nebel in meinem Kopf. Ich habe das Gefühl zu träumen.

»Sie werden kommen und mich holen«, sagt Opa. »Und wenn mir etwas passiert, ist es deine Schuld.«

Er schüttelt meinen Arm. Er schüttelt mir den Schlaf aus den Knochen. Mein Gehirn funktioniert wieder. Jetzt weiß ich, was los ist.

»Du hast nur geträumt, Opa«, sage ich.

Mama hat mir davon erzählt. So etwas soll es bei alten Leuten öfter geben. Sie träumen und denken dann den ganzen Tag, es wäre wirklich passiert. Manchmal auch länger. Oje!

»Ha, der alte Trick«, sagt Opa und drückt meinen Arm etwas fester.

»Nein, Opa, das ist kein Trick. Du hast nur geträumt.«

»Geträumt soll ich haben? Geträumt? Und was ist dann mit dem Mantel? Habe ich den auch nur geträumt?«

Er greift den Mantel am Kragen und drückt ihn mir ins Gesicht, damit ich genau weiß, wovon er redet. Ich bekomme keine Luft mehr und versuche seine Hand wegzuschieben.

»Das ist doch deiner. Den habe ich aus der Garderobe, weil ich keine Decke gefunden habe.«

»Tu doch nicht so. Du weißt genau, was das für ein Mantel ist.«

Opas Blick ist böse und kalt. Seine Hand liegt wie ein Schraubstock um meinen Arm und drückt immer fester zu. Ich hätte nie gedacht, dass Opa noch so viel Kraft hat.

»Weiß ich nicht. Ich habe ihn nur als Decke benutzt, das ist alles.«

Opa guckt mich an und überlegt.

»Schleicht durch die Nacht und will mir den Mantel stehlen. Und ich dachte, ich wäre endlich sicher. Jetzt schicken sie schon Kinder, pah.«

Er nimmt den Mantel, schüttelt die Falten heraus und legt ihn dann ordentlich zusammen. Jetzt erst fällt mir auf, dass das kein gewöhnlicher Mantel ist. Er hat Abzeichen auf den Schulterklappen. Es ist bestimmt ein Soldatenmantel.

»Darf ich dann wenigstens eine Decke haben?«, frage ich.

»Nein.«

»Warum nicht?«

»Weil du mein Gefangener bist und Gefangene haben keine Ansprüche zu stellen.«

»Aber, Opa, ich bin doch Daniel, dein Enkel.«

»Enkel oder nicht. Was hat Familie schon zu sagen? Freunde zählen viel mehr, die kann man sich aussuchen. Familie wird einem zugeteilt, da hat man nichts mitzureden. Wir sind also verwandt und du hast mich trotzdem verraten. Schöne Familie.«

»Was habe ich denn verraten?«, frage ich. Wenn ich schon von meinem eigenen Opa gefangen gehalten werde, will ich wenigstens wissen, warum.

»Alter Trick«, sagt Opa und guckt mich aus stechenden Augen an. Er lächelt. Nicht nett, irgendwie gemein und hinterhältig.

»Was für ein Trick?«

»Du bist doch verkabelt. Du hast irgendwo ein Mikro und willst mich zum Reden bringen, damit ich mich selbst belaste.«

Opa beginnt mich abzutasten.

»Los, steh auf.«

Ich stehe auf und Opa klopft mir auch die Beine und den Rücken ab. Wenn ich nicht wüsste, dass er es ernst meint, wäre das ein prima Spiel. Gefangen als Geheimagent. Aber im Moment passt mir das gar nicht. Ich will nur schlafen und morgen früh zur Schule, am besten, bevor Opa aufwacht. Er hat so eine bestimmte Art, mich anzugucken. Da bekomme ich eine Gänsehaut, und zwar am ganzen Körper.

»Na gut«, sagt er. »Kein Mikro. Aber sagen tue ich trotzdem nichts.«

»Opa, du hast nur geträumt, glaub mir doch.«

»Vergiss es, Junge. Glaubst du, ich bin Anfänger? Noch ein Wort und ich klebe dir den Mund zu.«

Opa hält mir den ausgestreckten Zeigefinger als Warnung unter die Nase. Ich sage nichts mehr. Jetzt guckt er herum, als würde er etwas suchen, und sieht mich unzufrieden an, bevor er wieder in seinem Zimmer verschwindet. Ich schaue auf meine Uhr.

Es dauert zwanzig Minuten, bis ich ihn schnarchen

höre. Ich liege noch eine Weile wach und überlege, ob ich gleich abhauen sollte. Doch bevor ich mich entscheiden kann, schlafe ich ein.

Mitten in einem Traum werde ich erneut geweckt. Wieder Opa. Draußen wird es gerade hell.

»Dieses Mal entwischst du mir nicht«, sagt er, während er mir die Handgelenke mit einem Strick zusammenbindet.

»Aua, nicht so fest«, sage ich weinerlich.

»Das hättest du dir vorher überlegen sollen.«

Opa fesselt mich weiter. Er knotet meine Hände mit meinen Fußknöcheln zusammen, so dass ich jetzt den Rest der Nacht im Schneidersitz auf dem Sofa verbringen muss. Eigentlich habe ich noch Glück. Wäre Opa ein Indianer, würde ich jetzt wahrscheinlich auf dem Bauch liegen und Füße und Hände wären mir auf den Rücken gebunden. So ist es noch einigermaßen bequem und außerdem kann ich die Knoten sehen. Das erhöht meine Chancen, wieder freizukommen. Wäre ich Zauberkünstler, wäre die Sache schon erledigt. Da würde ich keine zwei Minuten brauchen, um mich zu befreien.

»Jetzt kann ich wenigstens in Ruhe schlafen«, sagt Opa, macht das Licht aus und verschwindet in seinem Zimmer. So kann ich nie und nimmer schlafen. Das ist mal klar. Mit den Zähnen komme ich auch nicht an den Knoten heran. Ein Messer wäre gut oder ein Feuerzeug, dann könnte ich den Strick durchbrennen. Ich muss in die Küche kommen. Dort finde ich bestimmt etwas, um mich zu befreien.

Ich rolle vom Sofa und purzle kopfüber auf den Teppich. Gut, dass der weich ist. Das macht wenig Krach und tut auch nicht so weh. Jetzt liege ich auf dem Boden. Mit einiger Anstrengung komme ich auf die Füße. Hinstellen geht und sogar laufen. Wenn man das laufen nennen kann. Mit jedem Minischritt schaffe ich etwa fünf Zentimeter. Bis in die Küche brauche ich auf diese Art drei Tage. Ich gehe wieder in die Knie. Das ist bequemer, da kann ich wenigstens den Kopf oben behalten. Leicht wippe ich auf den Fußballen hin und her und mache schließlich eine Rolle vorwärts. Das bringt mich auf einen Schlag fast einen Meter weiter. Super. Ich rolle meinen Weg bis in die Küche. Ein Purzelbaum nach dem anderen. Im Flur wird es hart. Hier liegt kein Teppich, nur einfacher Holzfußboden. Ich beiße die Zähne zusammen. So etwas muss ein Agent ertragen können.

Ich rolle in die Küche hinein und sehe sofort das richtige Werkzeug. Ein Messer. Es liegt auf der Arbeitsplatte neben dem Herd. Ich rolle bis vor den Herd und das war es dann. Bin ich blöd. Tausend Messer auf dem Tisch können mir nicht helfen, wenn ich nicht an sie herankomme. Was habe ich mir dabei gedacht, hier hereinzurollen? Vielleicht, dass mir Flügel wachsen? Wenn ich mich hinstelle, ist mein Hintern der höchste Punkt und der berührt noch nicht einmal die Tischkante. Mein Kopf ist noch tiefer und meine Hände fast auf dem Boden. Toll.

Ich rolle also zurück und knalle dabei gegen die offene Küchentür. Das macht Lärm und tut weh. Die nächsten fünf Minuten liege ich einfach nur ruhig da und traue mich kaum zu atmen.

Opa ist nicht aufgewacht. Ein Glück. Meine Fesseln

haben sich durch das ganze Herumgerolle ein wenig gelockert. Ich komme jetzt mit den Fingern an den Hauptknoten heran. Es dauert eine Weile und die Fingerspitzen tun mir danach weh, aber ich schaffe es. Ich bin wieder frei! Den Strick stecke ich in meinen Rucksack. Den werde ich aufheben, als Andenken an meine erste Gefangenschaft. Ich werde ihn in den Agententresor legen. Jedenfalls so lange, bis ich den Platz für wichtigere Dinge brauche.

»Was machst du denn hier?«

Ich presse mit aller Kraft die Lippen aufeinander. Da ist ein Schrei in meinem Mund, der die Laube zum Einstürzen bringen könnte. Opa steht in der Wohnzimmertür. Er sieht müde aus, gar nicht mehr gefährlich. Er guckt mich an. Er guckt mich an, als ob er eben erst sein Gehirn zurückbekommen hätte. Ich schließe meinen Rucksack und gehe einen Schritt auf Opa zu.

»Ich wohne doch die nächsten drei Tage bei dir, weil Mama in München eine Ausstellung hat und Papa Tante Olga pflegen muss, die ja schon seit zwei Jahren im Bett liegt und normalerweise von Onkel Herbert gepflegt wird, aber Onkel Herbert muss für kurze Zeit ins Krankenhaus, nichts Ernstes, nur eine kleine Operation, dauert höchstens drei Tage, und ich wollte nicht mitfahren, weil ich ein paar wichtige Tests in der Schule habe, die ich nicht versäumen möchte.«

»Ah ja«, sagt Opa und geht zurück in sein Zimmer.

Ruhe.

Schnarchen.

Gefahr vorbei.

Feuerwanze

Schule ist heute besonders anstrengend. Ich schleppe den ganzen Tag meine Sporttasche mit mir herum, weil ich auf keinen Fall zu Opa zurückkehren möchte. Noch so eine Nacht halte ich nicht aus. Ich muss nur zusehen, dass ich bei ihm bin, wenn Mama mich abholen kommt. Opa wird nicht wissen, ob ich die letzte halbe Stunde oder die letzten drei Tage bei ihm war. Vielleicht täusche ich damit sogar den General der Agenten und erfülle die Aufgabe trotzdem.

Jetzt habe ich also meine Sporttasche am Hals, und als wenn das nicht reichen würde, schreiben wir auch noch einen Test in Bio. Hätte ich das vorher gewusst, wäre ich lieber mit Mama nach München gefahren. Es ist ein Überraschungstest. Na toll. Manche Überraschungen können mir gestohlen bleiben.

Auf dem Weg nach Hause muss ich die Sporttasche ständig von einer Hand in die andere wechseln. Wirklich verdammt schwer, das Ding.

Ich komme vor unserer Haustür an und bin völlig verschwitzt. Eine eiskalte Cola ist zum Greifen nahe. Mama wird hoffentlich nicht den Kühlschrank ausgestellt haben. Laut schnaufend lasse ich die Tasche auf den Boden fallen und tippe mein Geburtsdatum in das Tastenfeld der Tür. Ich warte auf das bekannte Klacken, doch es passiert nichts. Das Kontrolllämpchen leuchtet weiterhin rot. Ich versuche es ein zweites Mal.

Kein Erfolg.

Ich trete einmal gegen die Tür und einmal gegen meine Tasche. Papa hat den Code geändert. So ein Hund. Wahrscheinlich hat er sich schon gedacht, dass ich es nicht lange bei Opa aushalte.

Ich nehme meine Tasche und gehe in den Schuppen. Mein Fahrrad ist noch da. Immerhin. Ich durchwühle den Kramhaufen und finde eine alte Luftmatratze. Natürlich haben wir auch einen Blasebalg, aber der ist im Haus und damit genauso unerreichbar wie die Cola. Ich setze mich auf einen alten Stuhl und fange an die Matratze mit dem Mund aufzublasen.

Als ich damit fertig bin, kann ich kaum noch sitzen. Mir ist so schwindlig, dass ich mich erst einmal hinlegen muss. Ich hätte nie gedacht, dass es so anstrengend sein kann, in eine Gummimatte zu pusten.

Die Luft scheint zu halten, jedenfalls ist die Matratze einigermaßen fest und ein zischendes Loch finde ich auch nicht. Es liegt sich sogar recht bequem. Jetzt kann ich also im Schuppen schlafen. Das ist bestimmt besser als bei Opa, wenn auch etwas gruselig. Nachts. Ganz allein. In einem Schuppen, den man nicht verriegeln kann. Und das zwei Tage lang. Und das ohne Essen.

Oh.

Ohne Essen. Daran habe ich noch gar nicht gedacht. Ich durchforste sofort meine Hosentaschen. Ein paar Münzen sind meine ganze Beute. Keine Scheine. Natürlich keine Scheine. Einen Geldschein sehe ich höchstens mal zu Weihnachten oder zum Geburtstag. Mein Taschengeld bekomme ich wöchentlich. Vier Euro. Das muss reichen. Aber mit jedem Jahr, das ich älter werde, gibt es einen Euro mehr. Das heißt, wenn ich 80 Jahre alt bin und den Rücken nicht mehr von alleine gerade bekomme, kriege ich jede Woche eine ganze Menge Geld. Ich nehme mir die Zeit und rechne das genau aus. Von jetzt an sind das noch 70 Jahre. Im Moment kriege ich vier Euro, also kriege ich mit 80 Jahren . . . Moment . . . 74 Euro Taschengeld in der Woche.

Wow!

Mickrige zwei Euro und 20 Cent sind alles, was ich im Moment habe. Ich glaube nicht, dass ich damit die nächsten zwei Tage überleben kann. Schon gar nicht, wenn ich zu Kioskman gehe und Gummitiere kaufe. Verdursten werde ich jedenfalls nicht, denn trinken kann ich vom Gartenschlauch.

Ich lasse meine Tasche im Schuppen und gehe auf die Straße. Es ist prima Wetter. Die Sonne scheint, aber es ist nicht zu heiß. Opa wird gute Laune haben. Ich werde ihm anbieten für ihn einzukaufen. Dann gibt er mir Geld, und wenn ich seine Gartentür hinter mir geschlossen habe, wird er es schon vergessen haben und ich kann mir von dem Geld die leckersten Sachen kaufen.

Ich mache mich auf den Weg zu Opa und habe 134 Millionen Sachen im Kopf. Der Schuppen, kein Geld, Opa, Mama und Papa, wie sie herauskriegen, dass ich nicht bei Opa geschlafen habe, die Agentenbasis, der Tresor und ob ich ihn behalten kann, die Aufgaben vom General der Agenten und ob es ihn wirklich gibt und noch so zehn oder zwölf unwichtigere Sachen. Plötzlich springt ein Mädchen aus der Hecke und versperrt mir den Weg.

»Halt! Stehen bleiben!«, ruft sie und zeigt dabei auf mich. Ich erschrecke mich so sehr, dass ich weder schreien noch mich bewegen kann. Die Hecke erwacht zum Leben und spuckt eine Horde Kinder aus.

»Der schon wieder«, sagt ein Junge enttäuscht und guckt mich an, als hätte er in mir den Käfer erkannt, den er gestern Nacht aus seinem Bett geworfen hat. Auch ich habe sie alle schon mal gesehen. Es sind die Kinder aus dem Heim. »Verfolgst du uns, oder was?«, fragt Thorsten und gibt mir einen Stoß gegen die Schulter.

»Warum soll ich euch verfolgen?«, sage ich.

Auch wenn sie mich nicht besonders freundlich angucken, atme ich doch innerlich auf.

»Heute ohne Jo-Jo unterwegs?«, fragt Thorsten und stößt mir noch mal gegen die Schulter.

Die ganze Meute ist weit vom Heim entfernt und weit und breit ist kein Erzieher zu sehen. Das kann nur eines bedeuten.

»Seid ihr etwa ausgebrochen?«, frage ich und lasse meinen Blick über ihre Gesichter schweifen.

»Ausgebrochen?« Keiner von ihnen scheint zu kapieren, wovon ich rede.

»Wo denn ausgebrochen?«, fragt Thorsten.

»Na, aus dem Heim, wo denn sonst.«

»Warum sollten wir aus dem Heim ausbrechen?«

»Das ist doch wie Gefängnis«, sage ich und gucke die

Heimkinder an, als wüssten sie nicht, dass Cola zum Trinken ist.

»So ein Quatsch«, sagt ein Junge.

»Du hast ja Ideen«, sagt Thorsten und reibt sich die Nase.

»Ich dachte nur«, sage ich. »Weil du ja auch das Werkzeug geklaut hast.«

»Welches Werkzeug meinst du?«

Thorsten guckt mich scharf an.

»Als Dirk uns den Schrank aufgeschlossen hat, hast du irgendwas in deinem Ärmel verschwinden lassen. Ich wusste gleich, dass du einen Ausbruch planst.«

»Das hast du mitgekriegt?«

Ich nicke.

»Kein Verräter, was?«

Ich schüttele den Kopf. Einmal, ganz langsam, und gucke ihm dabei in die Augen. Filmreif. Thorsten zieht etwas aus seiner hinteren Hosentasche und hält es mir vor das Gesicht.

»Das ist ein Glasschneider«, sagt er.

Das Ding sieht aus wie ein Pinsel ohne Borsten. Dafür gibt es am oberen Ende ein kleines Rädchen. An der Seite gibt es zwei Einkerbungen. Ich kenne das Gerät. Ich habe es schon ab und zu benutzt, um die Speichen von meinem Rad nachzuziehen. Die eine der Einkerbungen hat dafür genau die richtige Größe. Ich wusste allerdings nicht, dass es ein Glasschneider ist.

»Kenne ich«, sage ich.

»Das ist nichts zum Ausbrechen. Eher was zum Einbrechen«, sagt Thorsten und grinst, als wäre er der meistgesuchte Dieb Berlins.

»Hm!«, mache ich und gucke, als würde mich das nicht weiter beeindrucken.

»Ey, ihr Affen! Verzieht euch hier! Das ist unser Revier!«

Die Stimme kommt mir bekannt vor. Eindeutig ein Mädchen. Die Heimkinder drehen sich gleichzeitig um.

»Idioten!«, ruft uns das Mädchen entgegen und rennt in Richtung der Laubenkolonie davon. Ich war mir sicher, ihre Stimme zu kennen, aber ich habe mich geirrt. Das Mädchen ist mir völlig fremd. Vielleicht sind meine Ohren doch nicht so gut, wie ich immer dachte. Und vielleicht war das vorgestern doch Papas Stimme aus dem Funkgerät.

»Schnappt sie!«, ruft Thorsten und alle laufen los.

Ich laufe auch. Entweder weil alle laufen oder weil ich sehen will, was es mit dem Mädchen auf sich hat.

Ich bin das Schlusslicht. Nicht weil ich so langsam bin, sondern weil ich meine Kräfte schone. Ist doch klar, ein Geheimagent gibt nie alles, bevor es nicht verlangt wird. Immer einen Trumpf in der Tasche.

Die Ersten biegen gerade in den Laubenweg ein, Thorsten vorneweg.

Plötzlich höre ich ein lautes Schreien aus mindestens zwanzig bis dreißig Kehlen. Die eine Hälfte klingt wie Indianer auf dem Kriegspfad, die zum Angriff übergehen, und die anderen schreien vor Entsetzen und Schreck. Ein Wahnsinnslärm.

Die Heimkinder machen kehrt und kommen zurückgerannt. Ich drehe auch um und renne jetzt an der Spitze der Meute.

»Folgt mir!«, rufe ich und gebe volle Geschwindigkeit.

»Was hast du vor?«

Thorsten hat es geschafft, alle zu überholen und mit mir gleichzuziehen. Allerdings keucht er schon ganz schön. Weil ich mich eben selbst zum Anführer gemacht habe, scheint er zu glauben, ich hätte einen Plan.

»Wovor rennen wir eigentlich davon?«, frage ich.

»Die Rote und ihre Bande.«

Thorsten lässt es so klingen, als wüsste jede Oma, wer das ist.

»Die Rote?«, frage ich.

Nie gehört.

»Die Feuerwanze«, keucht mir Thorsten entgegen.

Ich schlucke meinen Schreck hinunter und laufe weiter. Etwas schneller jetzt, zu schnell für Thorsten.

Beim Rennen drehe ich kurz den Kopf und werfe einen Blick zurück. Ein Trupp rennender Kinder, verfolgt von einem anderen Trupp rennender Kinder. Dummerweise sind die anderen alle etwa in Thorstens Alter, also locker zwei Jahre älter.

Bei einem zweiten Blick sehe ich die Anführerin der Meute. Sie ist ihrer Bande einen guten Schritt voraus und macht ein Gesicht, als wollte sie uns zum Frühstück fressen. Sie ist nicht besonders groß, aber kräftig gebaut, wie ein Ringkämpfer, und ihre leuchtend roten Haare stehen in kurzen drahtigen Locken von ihrem Kopf ab. Die Feuerwanze. Es gibt sie also tatsächlich.

Ich springe durch das Loch in der Hecke in unseren Garten hinein und weiter bis zum Schuppen. Als ich den Wasserhahn aufdrehe, sehe ich, wie die letzten

Heimkinder in den Garten purzeln. Thorsten und ein paar andere haben Zweige und Stöcke in der Hand und halten damit die Feuerwanze und ihre Bande in Schach. Der Eingang durch die Hecke ist nicht groß genug, um zwei Feinde gleichzeitig durchzulassen, das macht die Sache einfacher.

»Wir haben Zeit!«, schreit die Feuerwanze und ihre Stimme wird ihrem Aussehen gerecht.

Ich greife mir den Schlauch und drehe am Einstellring der pistolenförmigen Spritzdüse. Der Wasserhahn an der Hauswand ist voll aufgedreht. Ich spüre den Druck im Schlauch und renne zum Heckeneingang und rufe Thorsten und seinen Leuten eine Warnung zu. Sie sehen mich kurz an und machen Platz. Dumm sind sie nicht.

Kaum ist der Eingang frei, schickt die Feuerwanze ihre stärksten Männer los. Ein besonders Dicker kommt als Erster. Er füllt die ganze Öffnung aus. Ich drücke auf den Abzug und ein knallharter Strahl schießt aus dem Schlauch und erwischt ihn direkt auf der Brust. Er schreit und versucht den Strahl mit den Händen abzulenken. Ich ziele etwas höher und treffe ihn mitten ins Gesicht. Er taumelt zurück und flucht.

Ein anderer der Bande versucht es und kriegt die Ladung gleich ins Gesicht. Auch er verschwindet schneller, als er kam. Ich halte höher, fast senkrecht in die Luft, und schicke den Wasserstrahl im hohen Bogen über die Hecke. Die Feuerwanze steht mit ihrer Bande im Regen. Ich muss noch einen weiteren Angriff auf den Garteneingang abwehren, doch das ist kein Problem. Leichte Übung. Wir hören, wie uns die Feuerwanze verflucht. Sie ruft noch ein paar Drohungen in den Garten hinein, doch wir lachen nur. Ich lasse es ein weiteres Mal regnen und sie ergreifen endlich die Flucht. Ich schmeiße den Schlauch ins Gras und wir rennen jubelnd auf die Straße und schreien ihnen unseren Sieg hinterher.

Was würde ein Agent tun?

Hier wohnst du also?«

Thorsten steht breitbeinig vor der Eingangstreppe und schaut die Hauswand hoch.

»Ich dachte, hier wohnt gar keiner«, sagt ein Mädchen mit langen Haaren. »Der Garten sieht ja wilder aus als im Heim.«

»Sind deine Eltern im Haus?«

Ich schüttle den Kopf.

»Fenster checken und Garten durchsuchen«, sagt Thorsten und zeigt mit seinen Armen links und rechts am Haus vorbei. Sofort rennen die Heimkinder los und verteilen sich über unser Grundstück. Es sieht aus, als würden sie diese Übung mehrmals am Tag machen.

Thorsten springt mit zwei Sätzen die Treppe zur Haustür hoch.

»Was ist denn das für ein Kasten?«, fragt er.

»Das ist unser Schloss und gleichzeitig die Alarmanlage.«

»Mach mal auf«, sagt Thorsten.

»Kann ich nicht«, sage ich.

»Ich dachte, du wohnst hier? Da wirst du doch den Geheimcode wissen.«

»Meine Eltern sind verreist und mein Vater hat die Kombination geändert. Ich wohne solange bei meinem Opa«, sage ich und zucke mit den Schultern.

Thorsten guckt mich komisch an. Dann grinst er verschwörerisch.

»Du würdest doch viel lieber hier in diesem Haus wohnen. Oder? Alleine. Ohne Eltern und ohne Opa. Habe ich Recht?«

Ich tue, als wäre mir dieser Gedanke neu.

»Wäre schon nicht schlecht«, sage ich. »Opa nervt manchmal ganz schön.«

Thorsten zieht seinen Glasschneider aus der Tasche und sagt: »Hiermit kommen wir überall rein ohne viel Krach zu machen.«

»Vergiss die Alarmanlage nicht«, sage ich.

»Sind denn alle Fenster gesichert? Auch die im ersten Stock?«

»Ich glaube, nur unten«, sage ich.

»Komm mit.«

Ich folge ihm hinter das Haus, in den Garten und auf die Terrasse.

»Bericht!«, brüllt Thorsten.

Er kommt mir vor wie ein Feldherr, der seine Soldaten befehligt.

»Keiner im Haus, jedenfalls soweit ich durch die Fenster sehen konnte. Ansonsten nix Besonderes. So richtig reich sind die nicht«, sagt einer der Jungen.

»Ein paar Gartenstühle und ein alter Tisch.«

»Eine Leiter, eine Harke und eine Schubkarre.«

»Ein Ball und ein kaputter Hockeyschläger.«

Ein anderer Junge kommt um die Hausecke.

»Im Schuppen stehen Fahrräder und jede Menge Kram. Außerdem eine aufgeblasene Luftmatratze und eine Tasche mit Klamotten.«

»Bringt die Leiter her!«, befiehlt Thorsten.

Zum Glück ist er nicht an der Tasche interessiert. Da ist mein Lieblingsschlafanzug drin und meine besten Turnschuhe. So gute kriege ich bestimmt nie wieder.

Zwei Jungen kommen mit der Leiter wieder. Ich wusste nicht einmal, dass die in unserem Garten rumlag. Sie sieht aus, als hätte sie schon hundert Winter im Freien überlebt. Thorsten nimmt sie und stellt sie an Papas Schlafzimmerfenster. Dann belastet er sie probeweise. Sie biegt sich etwas durch und knarrt bedrohlich.

»Das Ding ist zwar Schrott, aber ich werde es trotzdem wagen«, sagt Thorsten und steigt vorsichtig die ersten Sprossen hoch.

»Die rutscht bestimmt weg«, sagt einer und reibt sich die Nase.

»Dann halt sie fest«, sagt Thorsten und steigt bis ganz nach oben. Mit dem Glasschneider beginnt er ein Loch in die Scheibe zu schneiden. Es gibt ein ekliges Geräusch. Kratzend und quietschend, fast so schlimm wie Fingernägel, die über eine Tafel kratzen.

»Alles klar da unten? Seid ihr bereit?«

Alle nicken und einer sagt: »Klar, mach schon.«

Thorsten klopft leicht mit dem Griff des Glasschneiders gegen das Fenster. Nichts passiert. Er klopft etwas fester und immer noch passiert nichts. Jetzt holt er richtig aus und auf einmal klirrt es. Es ist so laut, dass wir uns umdrehen. Wonach wir gucken, kann ich nicht genau sagen. Es ist mehr ein Gefühl, das einen den Kopf in alle Richtungen drehen lässt. Man erwartet aus allen Ecken und Winkeln Polizisten kommen zu sehen, die auf einen zustürmen. Polizisten, die »Ertappt!« und

»Stehen bleiben!« rufen und einem dann Handschellen anlegen.

Wir schauen uns gegenseitig an und verziehen die Gesichter. Thorsten hat durch die kaputte Scheibe gegriffen und das Fenster geöffnet. Jetzt versucht er hineinzuklettern. Er bleibt mit dem Fuß hängen und verschwindet mit einem Mal.

»Scheiße!«, hören wir ihn laut fluchen.

Eine Minute später sehen wir Thorsten durch die Scheibe der Terrassentür. Er kommt gemütlich die Treppe heruntergeschlendert. Ganz als wäre das sein Haus. Von drinnen winkt er uns und lacht. Er kommt ganz nah an die Scheibe heran und fängt an den Rahmen zu untersuchen. Er scheint zufrieden zu sein und legt eine Hand auf den Türriegel.

»Nicht!«, rufe ich und wedle mit den Armen. »Die Alarmanlage.«

Er grinst nur noch breiter und öffnet uns die Türen, als wären wir geladene Gäste.

»Vergiss die Alarmanlage«, sagt Thorsten. »Die ist Schrott. Habe ich eben gecheckt. Nur die Scheiben sind verkabelt. Wenn die einer einschlägt, geht das Ding los, aber wenn man die Tür von innen öffnet, passiert gar nichts.«

Ich gucke ihn etwas unsicher an.

»Oder hörst du irgendetwas?«

Thorsten hält sich die Hand hinter das Ohr, als ob die Alarmanlage ganz leise wäre. Als ob es ihm entgangen sein könnte, dass sie schon losgegangen ist.

»Und die Scheibe oben?«, frage ich.

»Die war der letzte Schrott, die ist bei der kleinsten Berührung gleich in tausend Stücke gesprungen, da half mir nicht mal der Glasschneider.«

»Aber warum ist der Alarm da nicht angegangen?«

»Weil eure Anlage absolute Kacke ist. Deshalb.«

»Na, hoffentlich«, sage ich, »denn wenn sie doch losgeht, kommt sofort die Polizei. Die Alarmanlage ist direkt mit der Zentrale verbunden. Wie bei einer Bank.«

»Jetzt mach dir mal nicht ins Hemd«, sagt Thorsten. »Matthis, du gehst nach vorne und hältst Wache. Der Rest kommt mit rein.«

Er macht eine Verbeugung und lädt uns in mein Haus ein. »He, Schuhe ausziehen!«, rufe ich, als sie wie eine wilde Horde durch die Terrassentür in unser Wohnzimmer stürmen. Sie rennen nach oben und in alle Zimmer. Sie springen mit ihren dreckigen Schuhen auf unseren Sesseln herum. Ich stehe nur da und kriege den Mund nicht mehr zu. In meinem Kopf dreht sich alles. Ich muss irgendetwas tun. Ich muss sie aufhalten.

»Auweia! Das gibt Ärger«, sagt ein Mädchen. Sie ist etwas kleiner als ich und steht neben mir. Blonde Locken, aber nur unterhalb der Ohren. Auf dem Kopf hat sie glatte Haare. Sieht irgendwie komisch aus. Sie hat ein nettes Gesicht, eine kleine Nase und eine Menge Sommersprossen. Allerdings hat sie eine viel zu große Brille und sie trägt ein Nachthemd.

Moment mal, das ist ja die feindliche Agentin. Unglaublich. Was die sich traut. Außerdem ist sie die Einzige, die sich die Schuhe ausgezogen hat, das macht sie fast sympathisch.

»Was tust du denn hier?«, frage ich sie und wundere mich, was ich hier selbst eigentlich tue. Ich wäre am liebsten weit weg. Ich wäre sogar lieber bei Opa und würde ihm zum millionsten Mal erklären, warum ich in seinem Haus am Wohnzimmertisch sitze.

»Die wollte ich dir wiederbringen«, sagt die Agentin und streckt mir eine kleine Papiertüte entgegen.

»Bist du etwa auch aus dem Heim?«, frage ich.

Sie schüttelt den Kopf und hält mir weiter die Papiertüte hin.

»Sucht nach Geld!«, ruft Thorsten und reißt mich damit aus meinen Gedanken. Zu mir sagt er mit gepresster Stimme: »Wenn du noch einmal wagst, hier das Kommando zu übernehmen, mach ich dich fertig. Verstanden?«

Ich merke, wie die ersten Tränen kommen. Mit dem Handrücken wische ich mir die Augen trocken und beiße die Zähne zusammen, um nicht laut loszuheulen. Ich muss bescheuert gewesen sein, als ich Thorsten erlaubt habe in unser Haus einzubrechen. Was habe ich mir dabei gedacht? Dass er mir die Tür öffnet, mir auf die Schulter klopft und dann mit seiner Bande in den Sonnenuntergang reitet? Wie blöd bin ich eigentlich?

»Ey, warum ist denn die Tür hier abgeschlossen?« Thorsten rüttelt an der Kellertür.

»Da geht es in den Keller!«, rufe ich zurück.

»Nimm schon«, sagt die Agentin und stupst mich mit der Papiertüte an. Ich reiße sie ihr aus der Hand und renne zu Thorsten hinüber. Er darf auf keinen Fall Papas Werkstatt durcheinander bringen, Papa würde völlig ausrasten. Nicht einmal Mama darf dahinunter.

»Da hat mein Vater seine Werkstatt, da darf keiner

rein!«, rufe ich Thorsten zu, der immer noch versucht die Tür aufzukriegen.

»Werkstatt?«, fragt Thorsten. »Was ist denn dein Vater, Tischler?«

»Er, er ist Professor«, sage ich.

»Professor? Dann hat er keine Werkstatt. Dann ist das ein Labor. Wow. Das muss ich sehen.«

Thorsten rüttelt noch einmal an der Klinke, dann guckt er sich das Schloss genauer an.

Ich weiß nicht, was ich machen soll. Ich schaue zur Terrassentür. Die Agentin steht noch immer da, die Schuhe in der Hand. Ich möchte ohnmächtig werden. Das wäre das Einfachste. Augen zu und umfallen und erst wieder aufwachen, wenn das hier vorbei ist.

Es kommt mir wie ein Traum vor. Ich drehe mich um die eigene Achse und sehe alles in Zeitlupe. Die Geräusche sind gedämpft, als würde ich sie durch eine Wand aus Zuckerwatte hören. Ich versuche zu denken. Ich muss eine Lösung finden. Unbedingt.

Was würde ein Agent tun?

Es würde ihm irgendetwas einfallen. Garantiert. Alleine könnte er niemals gegen diese Meute ankommen. Keine Chance. Er würde Hilfe brauchen. Hilfe holen. Das ist es. Er würde Verstärkung holen. Er würde tun, was das Mädchen mit dem Nachthemd jetzt gerade tut. Er würde einen schweren Gegenstand nehmen und ihn in ein Fenster werfen. Nun gut. Er würde nicht Mamas Lieblingsuhr nehmen und sie auch nicht durch das größte Fenster des Zimmers werfen. Er würde das kleinste Fenster zerschlagen und vielleicht einen Stuhl dafür benutzen, der dabei nicht kaputtgeht. Die Agentin kann natürlich nicht wissen, dass sie gerade Mamas Lieblingsuhr durch das größte Fenster des Hauses geworfen hat. Aber der Effekt, den sie damit erzielt, ist genau der richtige. Die Alarmanlage geht an. Mindestens vier verschiedene Sirenen legen los. Mit voller Lautstärke. Ein Wahnsinnskrach. Ich wusste gar nicht, wann Papa das geändert hat. Früher gab es nur den stillen Alarm. »Raus hier!«, rufe ich und bin mir sicher, dass dieses Mal alle auf mich hören werden.

Die feindliche Agentin ist als Erste raus. Sie hat ihre Schuhe noch immer in der Hand und rennt durch den Garten auf die Straße. Ich bin der Nächste, ein paar Meter hinter ihr. Auf dem Bürgersteig drehe ich mich um und schaue zurück zu unserem Haus. Da kommen sie angerannt. Man kann ihnen den Schock von den Gesichtern ablesen. Thorsten ist der Letzte. Es sieht aus, als würde er eine Herde antreiben, um sie in Sicherheit zu bringen. Die Ersten laufen die Straße hinunter. Meine Füße scheinen wie festgeklebt, doch ich reiße mich los und laufe mit der Meute. Es hat keinen Sinn, auf die Polizei zu warten. Besser, es weiß niemand, dass ich heute hier war, dann brauche ich auch Mama und Papa nichts zu erklären.

Wir biegen in die Straße ein, die zum Krankenhaus führt. Sie lachen und klopfen sich auf die Schultern, als hätten sie etwas Großartiges vollbracht. Mir klopft keiner auf die Schulter. Warum auch.

Wir sind nahe am Kiosk, da bleiben plötzlich alle stehen und gucken mich an.

»Was willst du noch hier?«, fragt Thorsten und stößt mir einen Finger in die Rippen. Wenn Mama das macht, kitzelt es. Bei Thorsten tut es weh. Und dann die Frage. Was will ich hier. Gute Frage.

Ich zucke mit den Schultern.

»Hau ab. Du gehörst nicht zu uns.«

Ich fühle, dass er Recht hat. Ich weiß nur nicht, warum.

»Warum?«, frage ich und komme mir sofort dämlich vor.

»Warum? Bist du ein Idiot oder was? Darum nicht, Blödmann.«

Thorsten schubst mich ein Stück nach hinten, ein Stück weg von der Gruppe. Zufrieden guckt er sich um. Alle lachen.

»Bring deine Eltern um und schenk uns dein Geld, dann bist du einer von uns.«

Wieder lachen alle. Ich weiß nicht, wie witzig das tatsächlich gemeint ist.

»Geh zur Feuerwanze, wenn du in eine Bande willst. Das sind alles dumme Arschlöcher. Da passt du hin.«

Ich gucke sie mir noch einmal der Reihe nach an. Die Agentin mit dem Nachthemd ist nicht mehr dabei und einen besten Freund werde ich hier bestimmt nicht finden. Ich drehe mich um und gehe. Hinter mir höre ich, wie sie wieder losrennen, zurück in das Heim, aus dem keiner ausbrechen will.

Ein paar Straßen weiter höre ich eine Polizeisirene. Nach Hause kann ich erst einmal nicht, also drehe ich wieder um und laufe die Straße hinauf, bis ich zum Krankenhaus komme. Ich gehe langsam am Zaun entlang und öffne die Papiertüte, die ich von der Agentin bekommen habe. Die Hälfte der Gummitiere hat sie selbst gegessen, ein paar der Tiere und den Schnuller hat sie mir gelassen. Ich stecke ihn in den Mund und nuckle etwas daran, während ich durch die Gitterstäbe schaue und das Gelände absuche. Ich hätte nie gedacht, dass ich mir jemals wünschen würde, das Mädchen mit dem Nachthemd noch einmal wiederzusehen. Ich laufe einmal um das Krankenhaus herum und gebe dann auf. Heute ist kein Tag, an dem Wünsche in Erfüllung gehen.

Schon zu Lebzeiten eine Legende

Am Abend wage ich mich wieder nach Hause. Zuerst gehe ich an unserem Grundstück vorbei, als ob ich hier nicht hingehören würde. Es kann ja immerhin sein, dass die Polizei einen Wachtposten zurückgelassen hat. Ich gehe extra langsam, kann aber nicht viel sehen. Ein Polizeiauto steht auch nirgendwo herum, also gehe ich beim zweiten Mal direkt in unseren Garten hinein.

Wachtposten finde ich keine, eigentlich eine Sauerei. Ich dachte, die Polizei ist für so etwas da. Jetzt kann ich nicht einmal meine Indianertechnik im Anschleichen verbessern. Immerhin haben sie die kaputten Fenster mit Brettern vernagelt und meine Tasche und die Luftmatratze sind auch noch im Schuppen. Ich mache es mir gemütlich und packe mein Abendbrot aus. Das Geld hat gerade für zwei Zuckerschnecken gereicht. Eine davon ist von gestern, die war billiger. Gefüllt sind sie beide mit Vanillecreme. Lecker. Nach dem Essen trinke ich vom Gartenschlauch und mache anschließend meine Hausaufgaben.

Obwohl es immer noch hell ist, bin ich schon ziemlich müde. Ich lege mich so auf die Matratze, dass ich den Eingang gut im Blick habe, und döse ein. Plötzlich höre ich ein Geräusch und bin sofort hellwach. Es war hier im Schuppen. Erst ein Rascheln, dann ist etwas umgefallen. Ein Glas oder eine Vase. Ich stütze mich auf die

Ellenbogen und versuche, etwas im Halbdunkel des Kramhaufens zu erkennen. Ein Krabbeln auf meinem Unterarm lenkt mich ab. Eine dunkle, behaarte Spinne von der Größe meiner Handfläche tastet sich den Weg in Richtung meiner Schulter. Ich springe auf und gebe einen quietschenden Schrei von mir. Dabei schüttele ich den Arm wie ein wild gewordener Orang-Utan. Die Spinne wird weggeschleudert und landet auf meinem Bauch. Ich springe auf und ab und versuche dabei, so hart wie möglich auf dem Boden aufzukommen. Das hilft. Die Spinne verliert den Halt und fällt auf die Matratze. Dort schaltet sie auf fünffache Geschwindigkeit und verschwindet im Kramhaufen. Einen halben Meter weiter kommt dafür eine Ratte herausgeschossen und rennt an mir vorbei auf den Ausgang zu. Sie ist grau und ihr Schwanz ist so dick wie mein kleiner Finger. Ein Schauer durchläuft mich.

Einen Moment kann ich mich nicht bewegen, stehe einfach nur starr da und stelle mir vor, wie die Nacht im Schuppen ablaufen wird. Spinnen und Käfer, die mir in Mund und Nase kriechen. Und Ratten, groß wie Hunde, die mir die Zehen abnagen. Ein zweiter Schauer überkommt mich. Ich greife meine Tasche und bin schneller aus dem Schuppen als die Ratte eine Minute zuvor.

Bei Opa ist noch Licht. Ich gehe durch das Gartentor und will gerade an die Tür klopfen, da höre ich eine Stimme:

»Waldwolf, bitte kommen.«

Ich kriege einen Schreck. Für eine Sekunde habe ich geglaubt der General der Agenten hätte mich gerufen.

Doch dann erkenne ich Opas Stimme und außerdem ist mein Codename Totengräber und nicht Waldwolf. Ich schleiche mich zu dem offenen Fenster, das zu Opas Schlafzimmer gehört, und lausche. Ich höre Rauschen und Knacken und dann eine Stimme, die klingt, als würde jemand in einen Blecheimer sprechen. Ein Funkgerät. Eindeutig.

»Bin wieder auf Posten«, sagt die Blecheimerstimme.

Wenn das nicht Agentensprache ist, will ich eine Woche im Schuppen schlafen und Spinnen essen. Ich bin gespannt, was Opa für Befehle erteilen wird.

Leider sagt Opa gar nichts mehr. Stattdessen höre ich nur eine Folge von Pieptönen. Opa kann morsen. Kaum zu fassen. Dass Opa der General der Agenten sein könnte, hätte ich niemals gedacht. Eine bessere Tarnung als seine Vergesslichkeit hätte er sich wirklich nicht ausdenken können. Das ist absolute Spitzenklasse.

Als Opa nach ein paar Minuten noch immer nichts sagt, schleiche ich zur Haustür und klopfe. Opa öffnet mit einem misstrauischen Gesicht, doch als er mich sieht, lächelt er. Damit habe ich nun wirklich nicht gerechnet.

»Da bist du ja endlich«, sagt er. »Ich dachte schon, du hättest vergessen, dass du bei mir wohnst. Komm rein. Ich muss dir was zeigen.«

Opa ist richtig aufgeregt. So habe ich ihn noch nie erlebt. Er wirkt eher wie einer meiner Freunde und nicht wie mein Opa. Ich gehe zur Tür. Sie ist offen, wie er gesagt hat. Drinnen ziehe ich mir die Schuhe aus und gehe in Opas Schlafzimmer.

Heiliges Gebiet. Hier war ich noch nie. Es war immer

ein ungeschriebenes Gesetz, das mir verboten hat hier hineinzugehen. Es ist dunkel und ein bisschen muffig. Viel gibt es hier nicht zu sehen. Ein großer Kleiderschrank, ein Bett aus schwerem Holz, daneben ein Nachttisch, auf dem Boden ein alter Teppich und neben dem Fenster ein Schreibtisch mit einem großen Kasten darauf. Opa sitzt auf einem unbequemen Holzstuhl vor dem Tisch und winkt mich zu sich.

»Guck mal hier«, sagt er und zeigt auf den Kasten. »Mein altes Funkgerät funktioniert wieder.«

»Ich wusste nicht mal, dass du überhaupt eins hattest.«

»Ha. Schon ewig. Schon seit dem Krieg. Leider war es die letzten Jahre kaputt und ich habe das fehlende Ersatzteil nicht bekommen. Das ist gar nicht so einfach bei einem alten Gerät.«

Opa tätschelt den Kasten, als wäre er ein geliebtes Kind. Plötzlich fällt ihm etwas ein. Das sieht man bei Opa immer sofort. Es scheint dann so, als ob ihm etwas auf den Kopf gefallen wäre. Ich weiß allerdings nicht, ob das zu seiner Tarnung gehört oder ob es echt ist. Wenn ich nicht den Verdacht hätte, dass er der General der Agenten ist, würde ich denken, dass er heute einfach nur einen guten Tag hat.

»Woher kannst du denn morsen?«, frage ich. Vielleicht kann ich ihn ja dazu bringen, sich zu verquatschen.

»Ich war doch Funkoffizier, bei der Wehrmacht. Da musste man so was im Schlaf können«, sagt Opa stolz.

»Offizier?«, frage ich nach. »Nicht vielleicht General?«

Opa lacht und zerzaust mit einer Hand meine Haare.

»Nein. Ich war nur Leutnant. Die Generäle waren alles alte Männer.«

»Aha«, sage ich und denke, das passt doch prima. Opa ist mittlerweile ja auch schon alt.

Das Funkgerät fängt wieder zu piepen an und Opa sieht aus, als ob er große Ohren bekommen würde.

»Das ist Kurt. Alter Kamerad. Den habe ich neulich erst getroffen. Beim Zeitungskiosk. Stell dir das mal vor. Fünfzig Jahre nicht gesehen und dann treffen wir uns beim Einkaufen. Von ihm habe ich auch das Ersatzteil. Immer noch funkaktiv, der alte Knochen. Kann man so was glauben?«

Opa morst eine Antwort zurück und schaltet anschließend das Funkgerät aus.

»Warum benutzt ihr nicht das Mikro? Ist doch viel einfacher«, sage ich.

»Das kann doch jeder, aber Morsen ist eine Kunst. Das macht viel mehr Spaß und außerdem bleibt man da oben fit.«

Opa klopft sich mit dem Zeigefinger an die Schläfe. Er kommt mir wie ausgetauscht vor. Seine Augen funkeln und er sieht gar nicht richtig alt aus. Wenn ich ihn so sehe, würde ich nie glauben, dass er jemals irgendetwas vergessen könnte. Außerdem kann er noch immer morsen. Warum vergisst er alles andere, aber das nicht? Irgendetwas stimmt hier nicht. Letzte Nacht hätte ich ihn am liebsten in die Irrenanstalt gebracht und jetzt kann ich mir sogar vorstellen, dass er der General der Agenten ist. Er kann doch nicht seit Jahren nur so tun, als ob er vergesslich sei. Da muss man schon sehr verrückt sein, um so was durchzuhalten. Oder man wird es mit der Zeit.

»Hast du denn Probleme da oben?«, frage ich und tippe mir selbst an die Schläfe.

»Manchmal vergesse ich das eine oder andere. Vorhin hatte ich sogar vergessen, dass du für ein paar Tage bei mir wohnst. Hätte deine Mutter nicht angerufen, wüsste ich es wahrscheinlich immer noch nicht. Kannst du dir das vorstellen? Das ist doch verrückt.«

»Mama hat angerufen?«, frage ich überrascht.

»Das habe ich doch gerade erzählt.«

Er lacht und ich versuche so zu tun, als ob ich es lustig finden würde.

»Sie kommt schon morgen zurück«, sagt Opa. »Die Polizei hat sich bei ihr gemeldet. Irgendwas ist wohl im Haus passiert. Frag nicht was, ich habe nicht richtig zugehört. Auf alle Fälle kommt sie morgen schon zurück.«

»Wann hat sie denn angerufen?«

»Hör mal, das habe ich natürlich vergessen, aber was vor fünfzig Jahren passiert ist, das ist wie eingebrannt. Davon weiß ich noch jede Minute. Zum Beispiel, wie ich das erste Mal im Krieg verwundet wurde. Habe ich dir davon schon erzählt?«

Ich trau meinen Ohren nicht.

»Du warst im Krieg?«, frage ich.

»Hast du das etwa vergessen?«

Er lacht wieder. Erst fesselt er mich, dann kann er morsen und jetzt war er auch noch im Krieg.

»Also, pass auf«, sagt Opa. »Wir lagen gerade auf Höhe 409 . . .«

»Höhe 409? Was ist denn das?«, frage ich.

»Das ist eine Bergspitze. Eine Bergspitze von einem Gebirgszug. Da gibt es jede Menge Bergspitzen und nicht jede hat einen richtigen Namen. Deshalb nimmt man einfach ihre Höhe als Name. Also Höhe 409. Kapiert?«

»Kapiert«, sage ich.

»Und jetzt halt den Mund, damit ich erzählen kann.«

Ich nicke und Opa macht weiter:

»Wir waren als Artilleriebeobachter da oben. Ein prima Posten. Wir konnten dem Feind direkt in die Suppe gucken. Meine Aufgabe war es, eventuelle Truppenbewegungen per Funk an das Kommando weiterzuleiten. Kurt war am Scherenfernrohr und meldete mir, sobald etwas Ungewöhnliches passierte. Ansonsten war keiner da oben. Nur wir zwei.

Die meiste Zeit passierte nichts, die Front war schon seit Tagen ruhig. Bis sie eines Morgens ein Aufklärungsflugzeug zu uns herüberschickten. Das Ding kreiste eine Weile direkt über unserem Nest und verzog sich dann wieder. Wir brauchten gar nicht lange zu warten, bis uns der Feind unter Beschuss nahm. Die trommelten uns ganz schön zusammen. Mit schweren Kalibern, sag ich dir. Das war ein Heidenlärm und überall flogen die Splitter durch die Gegend. Unsere einzige Deckung war eine kleine Felsenhöhle. Es war kaum genug Platz für zwei, aber wir verkrochen uns darin und warteten. Mehr konnten wir nicht machen, nur dasitzen und warten. Als sie das Feuer einstellten, krochen wir wieder hinaus. Das Funkgerät war völlig hinüber. Wir hatten versucht, es mit in die Höhle zu ziehen, aber es war einfach nicht genug Platz. Es stand die ganze Zeit im Eingang und hat Granatsplitter abgehalten. Das Fernglas war uns geblieben und mit dem konnten wir beobachten, dass der Gegner anfing seine schweren Geschütze zu verlagern, um unsere Bodenstellung von der Flanke her zu umgehen. Wenn sie es schaffen würden, hätten sie uns im Sack. Das war klar. Auf unserer Seite waren wir der letzte Posten und damit die Einzigen, die das beobachten konnten. Das Funkgerät war hin, also musste einer von uns zu Fuß zum Kommandanten runter und Bericht erstatten. Ich hatte die besseren Ohren, also bin ich gegangen. Kurt konnte den Knall eines Granatwerfers nicht von dem eines Flakgeschützes unterscheiden. Ich dagegen brauchte nur den Abschuss zu hören und wusste genau, wo die Pille hinging. Sobald sie in meine Richtung kam, schmiss ich mich sofort in volle Deckung. Und wenn ich hörte, dass die Granate weit weg einschlagen würde, rannte ich weiter. Genau das habe ich auch getan. Ich kam ein ganzes Stück weit, ohne dass jemand auf mich schoss. Doch dann flog der feindliche Aufklärer wieder seine Runde. Wahrscheinlich wollte er sehen, ob noch was von unserem Posten übrig war. Jedenfalls muss der mich gesehen haben, denn eine Minute später wurde das Feuer eröffnet. Sie schossen mit Granatwerfern auf mich und ich sprang sofort in einen Bombentrichter und lief nur noch in den Feuerpausen weiter. Der erste Vorposten war schon in Sicht. Ich glaubte mich schon in Sicherheit und das ließ mich leichtsinnig werden. Ich sprang auf ohne richtig hinzuhören. Zwei Schritte habe ich geschafft, dann erwischten mich die Querschläger im Bein. Hier, rechts. Ich hatte Glück, denn es war kein Volltreffer. Aber mit Laufen war nichts mehr. Ich fiel zu Boden und robbte auf dem Bauch liegend weiter. Als ich nur noch zwanzig Meter vom Posten entfernt war, kam jemand zu mir herausgelaufen und zog mich in Sicherheit. Erst später im Lazarett erfuhr ich, wer das gewesen war. Dieser Mann war schon zu Lebzeiten eine Legende, weil er eine Spezialeinheit leitete. Das waren ausgesuchte Leute, die sich getarnt hinter die feindlichen Linien schlichen, um die feindlichen Stellungen auszukundschaften und den Nachschub zu sabotieren.«

»Agenten«, sage ich atemlos.

»So kann man sie nennen. Und ihr Anführer hatte mich aus dem Dreck gezogen. Er trug einen langen, dunklen Mantel. Geschnitten wie ein Militärmantel, aber von feinerem Stoff. Diesen Mantel zog er aus und deckte mich damit zu, weil ich von dem schweren Blutverlust fror. Ich erstattete ihm währenddessen Bericht und er nannte mich einen Helden und versprach mir, die Nachricht unverzüglich weiterzuleiten. So kam ich lebend ins Lazarett und mit mir sein Mantel. Ich habe ihn heute noch. Warte, ich zeig ihn dir.«

Opa steht auf und geht in den Flur. Ich höre ihn in der Garderobe herumkramen. In meinem Kopf dreht sich alles. Eine wilde Geschichte. Was mein Opa alles erlebt hat. Und mit Agenten hatte er auch schon zu tun.

Er kommt zurück. Ohne Mantel.

»Wo habe ich den nur? Ich hätte schwören können, dass er im Flur hängt.«

Er öffnet den Schrank und kramt dort herum.

»Hier ist er!«, ruft Opa plötzlich.

Natürlich ist es genau der Mantel, mit dem ich mich

letzte Nacht zugedeckt habe. Opa fummelt im Kragen herum und zeigt mir ein verblasstes Namensschild.

»Hier siehst du: Wilhelm von der Wacht. Das war sein Name. Aber genannt haben ihn alle nur: den General der Agenten. Dabei war er ein einfacher Hauptmann. Komische Sache, was?«

Mehr als ein Nicken schaffe ich nicht. Mir hat es die Sprache verschlagen.

»Du siehst müde aus, Junge. Komm, geh schlafen«, sagt Opa und führt mich ins Wohnzimmer. »Ich kann dir ein andermal erzählen, wie die Sache ausgegangen ist.«

»Nein, jetzt«, sage ich.

Wer weiß, ob sich Opa jemals wieder daran erinnern kann. Ich lege mich auf das Sofa und Opa setzt sich zu mir.

»Hast Recht«, sagt er, »viel gibt es sowieso nicht mehr zu erzählen. Also: Er ist nie beim Kommandostab angekommen und meine Nachricht damit auch nicht. Niemand hat ihn jemals wiedergesehen. Alle hielten ihn für tot.«

»Aber?«, frage ich.

Das schreit geradezu nach einem »Aber«.

»Was aber?«, fragt Opa.

»Aber er ist doch bestimmt nicht tot, oder?«

»Ob er heute noch lebt, weiß ich nicht. Aber ich habe ihn noch einmal gesehen. Vor vielen Jahren. Ich war im Urlaub, in Italien. In Florenz, genauer gesagt. Ich saß in einem Straßencafé, als er an mir vorbeiging. Ich habe ihn sofort erkannt und lief ihm nach. Ich holte ihn ein und hielt ihn am Ärmel fest. ›Der General der Agenten in Florenz?‹, fragte ich. ›Wie kommt denn das?‹ Es sollte ein Witz sein, aber er guckte mich an, als hätte ich ihm ins Gesicht geschlagen. Als er nicht antwortete, sagte ich: ›Erinnern Sie sich? Sie haben mich mal aus dem Dreck gezogen, als ich verwundet war. Ich habe immer noch Ihren Mantel.‹ Er guckte mich ernst an und nickte einmal. Knapp und kurz. Dann sagte er: ›Ich werde mich melden‹ und verschwand.«

»Und du hast ihn nie wiedergesehen?«

»Nie.«

»Schade.«

»Warum schade?«, fragt Opa und zieht die Augenbrauen hoch.

»Ich hatte gedacht, du wärst vielleicht selber mal Agent gewesen.«

Opa lacht. Dann hält er mir den Zeigefinger vor die Nase und sagt: »Selbst wenn ich Agent gewesen wäre, dürfte ich es dir nicht verraten. Das ist doch wohl klar, oder?«

»Auch nicht, wenn du mein Opa bist?«

»Auch dann nicht. So was bleibt absolut geheim. So, und jetzt schlaf endlich. Ich bin selber müde.«

Noch bevor ich danach fragen kann, nimmt Opa den Mantel und deckt mich damit zu.

Ich schlafe schneller ein, als ich geglaubt habe. Ich fühle mich sicher. So, als würde der Mantel mich vor allen Gefahren schützen. Der Mantel vom General der Agenten.

Ein alter Mann, der sich nichts merken kann

Und hat dir Daniel auch keinen Ärger gemacht?«

Mama ist gekommen, um mich abzuholen. Sie umarmt erst Opa und gibt dann mir einen Kuss auf die Stirn.

»Daniel?«

Opa guckt erst Mama an und dann mich. Heute hat er schon den ganzen Tag lang so getan, als könnte er sich rein gar nichts merken.

»Richtig, Daniel«, sagt Opa. »Kein Problem. Es war, als wäre er nicht da gewesen. Prima Junge.«

Ich weiß wirklich nicht, ob er das alles nur spielt oder ob er wirklich so vergesslich ist. Mama freut sich jedenfalls und umarmt Opa ein zweites Mal. Opa ist auch zufrieden und schafft sogar ein Lächeln. Wir setzen uns zusammen an den Wohnzimmertisch und Mama erzählt. Als Erstes natürlich von dem Einbruch.

»Haben sie meinen Schrank kaputtgemacht?«, frage ich und versuche aufgeregt zu klingen.

»Angeblich soll es eine Horde von Kindern gewesen sein«, sagt Mama. »Sie haben nichts gestohlen, nur zwei Fenster kaputtgemacht und der ganze Boden ist dreckig. Sie sind sogar mit Schuhen über die Sofas gelaufen.«

Opa schüttelt den Kopf. So etwas gab es zu seiner Zeit nicht. Sagt er jedenfalls.

Nachdem Mama ihm die Geschichte noch zwei weitere Male erzählt hat, steht sie auf und sagt: »Tja, Opa. Wir müssen leider schon los. Zu Hause wartet eine Menge Arbeit auf uns.«

Ich umarme Opa zum Abschied. Das habe ich noch nie getan und er scheint sich dabei auch nicht allzu wohl zu fühlen.

Als wir durch das Gartentor gehen, drehe ich mich noch einmal um und gucke mir meinen Opa aus der Entfernung an. Er sieht uns hinterher, aber sein Gesicht ist ohne Ausdruck. Er wirkt wieder wie ein alter Mann, der sich nicht merken kann, dass sein Enkel für drei Tage bei ihm wohnen soll. Auch wenn er ein Funkgerät hat und auch wenn der Mantel vom General der Agenten in seiner Garderobe hängt, weiß ich nicht, was das alles zusammen bedeutet. Ich werde aber mein Bestes tun, um es herauszufinden.

Agentenehrenwort.

Trotzdem gelogen

Papa kommt noch am gleichen Abend nach Hause. Seine Haare sind schon etwas nachgewachsen, gerade so, dass man keine Kopfhaut mehr sehen kann. Für Tante Olga hat er einen Krankenpfleger angeheuert. Papa hatte Angst um seine Kellerwerkstatt. Obwohl Mama ihm am Telefon versichert hat, dass niemand dort unten gewesen war, wollte er sofort nach Hause kommen, um selbst nachzugucken. Ich glaube eher, dass er das als Vorwand genommen hat, weil er keine Lust mehr hatte auf Tante Olga aufzupassen. Bei ihm war es wahrscheinlich ähnlich schlimm wie bei mir die erste Nacht mit Opa.

»Ihr seid ja schon ordentlich am Saubermachen«, begrüßt uns Papa, als er durch die Tür kommt. Mama saugt die Sessel im Wohnzimmer ab und ich bin dabei, den Flur und die Küche zu wischen. Wenn es darum geht, den Flur von dreckigen Fußabdrücken zu reinigen, bin ich der Profi. Papa umarmt mich und geht dann zu Mama. Die beiden knutschen etwas herum, danach geht Papa in seinen Keller.

»Daniel? Kommst du mal?«, ruft Mama.

Sie steht neben dem großen Sofa und wischt sich den Schweiß von der Stirn.

»Kannst du mir mal helfen, das Sofa nach vorne zu ziehen?«

Zu zweit schaffen wir es ziemlich locker. Mama saugt dicke Staubflocken vom Boden. Seit wir das Sofa haben, ist es noch nie bewegt worden. Als wir das Ding gerade zurückschieben, kommt Papa wieder nach oben.

»Ich habe hier was ganz Interessantes«, sagt Papa und hält eine Videokassette hoch.

»Einen Film?«, fragt Mama.

»Genau«, sagt Papa.

»Wollen wir nicht erst mal zu Ende sauber machen? Ein Film wäre doch genau die richtige Belohnung für danach.«

Wir sind uns alle einig. Erst die Arbeit. Viel ist sowieso nicht mehr zu tun. Nur noch die Glasscherben im Schlafzimmer aufsammeln und oben einmal durchsaugen.

Zwanzig Minuten später sitzen wir vor dem Fernseher. Jeder hat eine kalte Cola und auf dem Couchtisch steht eine Schüssel mit Popcorn. Papa schiebt die Kassette in den Videorekorder und drückt auf Start.

Es ist nicht die Art von Film, die ich erwartet habe. Es gibt keine Anfangstitel und der Film hat keinen Namen und Ton gibt es auch nicht. Man sieht einfach nur unser Wohnzimmer. Man sieht unser Wohnzimmer, als würde man an der Decke kleben und hinunterschauen. Ein Junge läuft durch das Bild. Er geht auf die Terrassentür zu und winkt dabei. Er öffnet die Terrassentür und eine ganze Horde wild gewordener Kinder ergießt sich in das Zimmer. Dann komme ich. Ich mache einen Schritt in das Bild hinein und rufe etwas.

Papa drückt auf die Pausentaste und Mama sagt: »Aha.«

Sie klingt nicht besonders überrascht. Ich sage gar nichts. Ich heule auch nicht, obwohl mir stark danach zumute ist. Ich sitze nur da und starre mich im Fernseher an. Ich komme mir vor, als hätte Papa auch bei mir die Pausentaste gedrückt.

»Ich habe keine Lust, besonders böse zu werden«, sagt Papa.

Er guckt mich ernst an. Er guckt mich so ernst an, dass ich schlucken muss.

»Ich werde dir nur ein paar Fragen stellen und ich möchte, dass du mir die Wahrheit sagst. Ist das möglich?«

Ich nicke.

»Sollte ich dich beim Lügen erwischen, werde ich etwas tun, was dir ganz sicher nicht gefallen wird. Ist das klar?«

Ich nicke noch einmal. Dadurch, dass er nicht sagt, was er tun würde, hat die Drohung eine ganz besondere Wirkung. Lügen ist völlig ausgeschlossen.

»Kennst du die Kinder schon lange?«

»Erst eine Woche«, sage ich. »Es sind Kinder aus dem Heim.«

»War das alles geplant? Wolltest du deshalb bei Opa bleiben, um ein paar Tage alleine im Haus zu verbringen?«

Ich schüttle den Kopf.

Papa guckt mich ungehalten an.

Ich erzähle noch einmal, wie schrecklich es die erste Nacht bei Opa gewesen ist. Mama und Papa können das verstehen. Ich sehe es an ihren Gesichtern.

»Aber warum wolltest du überhaupt bei Opa bleiben?«, fragt Mama. »Die Sache mit den Tests in der Schule, ich meine, das kann doch unmöglich der wahre Grund gewesen sein.«

»Ich . . ., ich wollte euch nicht zur Last fallen. Ihr hättet bestimmt ein schlechtes Gewissen gekriegt . . ., weil ihr keine Zeit für mich gehabt hättet. Das hätte sicherlich keinen Spaß gemacht, darum dachte ich, dass es . . ., dass es so für alle am besten wäre.«

Die Lüge kommt mir ohne schlechtes Gewissen von den Lippen. Papas Drohung ist nur noch eine blasse Erinnerung. Mama und Papa gucken sich an, als wüssten sie nicht, was ich da rede. Wahrscheinlich war meine Lüge nicht besonders gut.

»Eine Frage habe ich noch«, sagt Papa schließlich. »Was rufst du hier eigentlich?«

Er zeigt auf das Standbild im Fernseher, spult ein Stück zurück, und als Daniel auf dem Videoband seinen Mund öffnet, rufe ich synchron dazu:

»Zieht euch die Schuhe aus!«

Zu meiner Überraschung lachen Mama und Papa danach Tränen.

Ich kann jetzt nur hoffen, dass die beiden nicht mit Opa unter einer Decke stecken. Wenn doch, werden sie mir zur Strafe sicherlich die Agentenbasis wegnehmen. Bis jetzt haben sie dazu allerdings noch nichts gesagt und ich komme erst einmal mit einer Taschengeldkürzung davon. Ein Euro weniger in der Woche. Das wirft mich ein ganzes Jahr zurück. Wenn ich 80 bin, werde ich also nur 73 Euro in der Woche bekommen. Na ja, immerhin.

Atempause

Drei Tage ist das nun schon her und die Agentenbasis ist noch immer in meinem Zimmer. Der General der Agenten hat sich allerdings nicht mehr gemeldet. Vielleicht ist sein Funkgerät wieder kaputtgegangen oder er hat keine Lust, einen Brief zu schreiben. Obwohl das eher unwahrscheinlich ist. Die Briefe wurden mit dem Computer ausgedruckt, das sieht jedes Kind. Das kann Opa niemals. Ich wette, Papa und Opa stecken unter einer Decke. Ob Mama darüber Bescheid weiß, kann ich nicht sagen. Sicher bin ich nur, dass sie mir die Basis nicht mehr wegnehmen werden. Das hätten sie sonst sofort getan.

Von meinen drei Aufgaben habe ich bisher nur die eine mit dem Fahrrad bestanden. Glaube ich jedenfalls, denn bei Opa war ich ja nicht die ganzen drei Tage. Das zählt bestimmt nicht. Wenn ich nicht bald einen besten Freund finde, werde ich einfach Heike dazu machen. Allerdings muss ich sie dann öfter mit zu mir nach Hause nehmen. Das wird nicht einfach. Sie findet meine Eltern unheimlich. Besonders Papa. Ich weiß nicht, woran es liegt. Vielleicht hat er irgendwann mal eine neue Erfindung an ihr ausprobiert. So etwas könnte einem schon Angst machen.

Das Mädchen mit der Brille wäre auch noch eine Möglichkeit. Aber bei der muss ich vorsichtig sein. Vielleicht ist sie ganz nett. Immerhin hat sie mir die Hälfte meiner Gummitiere wiedergegeben. Aber merkwürdig ist sie trotzdem und überstürzen sollte man so eine wichtige Entscheidung sowieso nicht. Besser, ich konzentriere mich erst einmal auf die neue Aufgabe. Richtig gehört, ich habe eine neue Aufgabe bekommen. Heute früh lag sie im Tresor:

An den ***Totengräber***

Nur den Mut nicht sinken lassen. Dranbleiben. Mit genügend Ausdauer schafft man die tollsten Sachen im Leben. Die nächste Aufgabe wird dir vielleicht merkwürdig vorkommen. Wenn du genauer darüber nachdenkst, wird dir sicherlich klar werden, wie wichtig es ist, mit Ernst und Geschick an die Sache heranzugehen.

Die nächste Aufgabe:

Verliere dein Gedächtnis.

Codename: **Der Namenlose**

Der General der Agenten

Auf der Suche nach meinem Gedächtnis

Es ist Sonntagmorgen, ich wache auf und weiß, dass ich nichts weiß. Ich habe mein Gedächtnis verloren. Das ist so, als wenn man alles, was man sieht, zum ersten Mal sieht. Natürlich nicht alles vergessen. Man kann zum Beispiel sprechen und sich waschen und selbst anziehen.

»Was für ein toller Wecker, den habe ich noch nie gesehen«, sage ich laut zu meinem Wecker.

Es funktioniert nicht. Ich habe den Wecker schon tausendmal gesehen. Ich kann nicht einfach so tun, als würde ich ihn gerade zum ersten Mal in die Hand nehmen. Wenn er wenigstens antworten könnte. Wenn er mich schütteln und anschreien könnte. Wenn er schreien könnte: »WAS IST MIT DIR? ERINNERST DU DICH NICHT AN MICH?« Das wäre etwas anderes. Dann könnte ich so tun, als ob ich den Wecker noch nie gesehen hätte.

Ich schüttle mich am ganzen Körper. Zuerst, um die Müdigkeit abzuwerfen, und ein zweites Mal, um mein Gehirn auszuschalten.

Klick.

Ich schaue mich im Zimmer um.

Ich habe keine Ahnung, wo ich bin.

Ich habe keine Ahnung, wer ich bin.

Ich habe keine Ahnung, was ich hier tue.

Ich weiß nicht mal, wie ich aussehe.

Ich stehe auf und gehe mit zögernden Schritten zum Schrankspiegel. Ich gucke in den Spiegel und schreie vor Schreck. Ich hätte nie gedacht, dass ich so jung bin. Ich bin ein Kind. Höchstens zehn Jahre alt. Vielleicht auch zehneinhalb. Ich hätte schwören können, dass ich älter bin. Wenn man sein Gedächtnis verloren hat, ist alles möglich. Vielleicht werde ich in diesem Haus gefangen gehalten. Vielleicht bin ich Geheimagent und habe einen Auftrag zu erfüllen. Zur Tarnung wurde ich in ein zehnjähriges Kind verwandelt. Mein Gedächtnis sollte ich dabei nicht verlieren. Das war ein Unfall.

Nicht schlecht. Ich bin zufrieden mit mir. Bisher läuft es gut. Das ist auch nicht besonders schwer. Anders sieht es aus, wenn ich mit Mama oder Papa reden muss.

Im Flur höre ich Schritte. Es wird kurz an die halb offene Tür geklopft und ein Mann kommt herein. Er ist sehr groß und kräftig und hat so kurze Haare, dass es aussieht, als ob er sich den Kopf mit schwarzer Farbe angemalt hätte. Bis auf ein Handtuch, das er sich um die Hüften geknotet hat, ist er vollständig nackt.

»Hast du eben geschrien? Ist irgendwas los?«, fragt er.

Jetzt kommt es drauf an.

»Wer sind Sie?«, frage ich ihn.

Er guckt mich an, als wollte er den Planeten erraten, von dem ich die weite Reise hierher gemacht habe.

»Ist das eine Fangfrage?«

»Es tut mir Leid, aber ich habe mein Gedächtnis verloren«, erkläre ich ihm. »Das ist hier alles ganz neu für mich.«

Der Mann nickt ein paar Mal. Es sieht aus, als ob er das erst einmal verkraften müsste.

»Du erinnerst dich an gar nichts?«, fragt er.

»Ich kann mich anziehen und sprechen kann ich auch. So was klappt ohne Probleme. Aber ich weiß nicht, wo ich bin und was ich hier mache. Sie habe ich auch noch nie gesehen. Ich hoffe, Sie sind ein netter Mann.«

»Meinen echten Namen darf ich nicht verraten, aber du darfst mich Gott nennen. Angst brauchst du nicht vor mir zu haben, es sei denn, du führst meine Befehle nicht aus. Du musst mir jeden Wunsch von den Augen ablesen und dafür sorgen, dass es mir immer gut geht«, sagt er und grinst ein Werbungslächeln.

So ein Quatschkopf. Typisch Papa. Er glaubt mir kein Wort und will mich zum Lachen bringen. Ich soll mich selbst verraten. Darauf kann er lange warten.

»Leider habe ich vergessen, wie man von den Augen abliest«, sage ich.

»Das lernst du ganz schnell. Keine Sorge.«

Gott reibt sich die Hände und freut sich auf ein bequemes Leben ohne Sorgen.

»Vielleicht will ich das gar nicht lernen«, sage ich.

»Du wirst nur nicht gefragt«, sagt Gott und lässt ein teuflisches Lachen hören.

»Was tun Sie überhaupt hier? Wohnen Sie hier?«, frage ich.

»Ich bin gerade zufällig vorbeigekommen und da habe ich dieses fantastische Badezimmer gesehen und eine schöne heiße Dusche genommen. Dummerweise wurde mir dabei mein göttliches Gewand gestohlen und deshalb muss ich mich jetzt mit dem hier begnügen.« Er zeigt dabei auf das Handtuch um seine Hüften.

»Alles klar«, sage ich und ziehe mir selbst schnell ein paar Sachen über.

»Weißt du vielleicht, wo ich etwas anderes zum Anziehen herbekomme?«

Da ich noch nicht von den Augen lesen kann, muss er ja fragen, und fast hätte er mich damit überlistet. Ich habe den Mund schon geöffnet, um ihn eine Tür weiter, in sein Schlafzimmer, zu schicken. In letzter Sekunde verschlucke ich die ersten Worte und schüttle schnell den Kopf.

»Tut mir Leid. Keine Ahnung. Ich habe doch mein Gedächtnis verloren.«

»Schade«, sagt er enttäuscht. »Dann muss ich eben alleine auf die Suche gehen.«

Endlich verschwindet Papa aus meinem Zimmer. So ein verrückter Professor kann manchmal ziemlich anstrengend sein. Hoffentlich macht Mama es mir leichter.

Als ich die Treppe hinuntergehe, kommt eine Frau aus der Küche. Sie hat einen gelben Pulli an und eine blaue Hose. Sie ist viel älter als ich und hat komische Haare. Auch dunkelbraun, so wie meine, aber lang und irgendwie nach oben gebunden. Das sieht aus, als hätte sie eine kleine Palme auf dem Kopf, eine Palme mit braunen Blättern. Ich bleibe auf der Treppe stehen. Sie hat mich noch nicht gesehen.

»Hallo, Sie da. Wohnen Sie hier?«, frage ich.

Sie kriegt einen Wahnsinnsschreck. Vielleicht hat sie gedacht, dass sie alleine im Haus ist. Sie beruhigt sich sofort, als sie mich sieht. Mit einem Geschirrtuch in der Hand wedelt sie drohend in meine Richtung und sagt: »Was fällt dir ein mir am frühen Morgen so eine Frage zu stellen? Wenn du mich heute noch einmal so erschreckst, verpasse ich dir doch noch eine mit der Pfanne, dass du auf dem Mond landest.«

»Wenn Sie mich schlagen, rufe ich die Polizei«, sage ich und mache mich bereit zur Flucht.

Sie lacht laut los. Dann dreht sie sich um und geht zurück in die Küche.

Warum lacht sie? Was ist daran so lustig, mich mit der Pfanne auf den Mond zu schicken? Vielleicht war das mein Lieblingsspiel, bevor ich das Gedächtnis verlor. Wie es aussieht, kennt mich diese Frau. Sie scheint normaler zu sein als der Gott mit dem Handtuch um den Bauch. Ich folge ihr in die Küche. Sie kann mir bestimmt helfen meine Erinnerung wiederzufinden.

»Oh«, sage ich zu der Frau. »Sie haben Frühstück gemacht. Darf ich etwas davon abhaben?«

Sie verdreht die Augen und sagt: »Spinner.«

»Was für eine merkwürdige Antwort«, sage ich und bleibe vor dem Küchentisch stehen.

»Setz dich hin und iss.«

Die Frau stellt einen Teller voll Rührei vor mich hin.

»Danke, aber ich mag keine Eier«, sage ich und schiebe den Teller zur Tischmitte.

»Du bist der Einzige von uns, der Eier mag. Nur wegen dir kaufe ich die Dinger überhaupt. Normalerweise kannst du von dem Zeug nie genug bekommen.«

»Sie scheinen mich gut zu kennen«, sage ich.

»Das dachte ich jedenfalls«, antwortet die Frau mit

der Palme auf dem Kopf und schiebt den Teller wieder zu mir zurück.

»Woher kennen Sie mich denn so gut?«

»Komm, iss die Eier, bevor sie kalt werden.«

Diese Frau hat wenig Geduld mit einem armen kleinen Jungen, der so sehr in der Klemme steckt wie ich.

»Ich habe zwar mein Gedächtnis verloren«, sage ich und schiebe den Teller wieder zur Tischmitte, »aber ich kann mir kaum vorstellen, dass ich jemals so was gegessen haben soll.«

»Ich werde die Eier auf keinen Fall wegschmeißen und selber essen werde ich sie schon gar nicht. Du bleibst hier so lange sitzen, bis du die Eier gegessen hast, und wenn es den ganzen Tag dauert.«

Sie schiebt mir den Teller wieder unter die Nase. So richtig gute Laune hat sie heute nicht und dass ich mich an nichts erinnern kann, interessiert sie kein Stück. Aufgeben tue ich deshalb trotzdem nicht.

»Ich habe da oben einen Mann getroffen, der sich Gott nennt. Vielleicht will der die Eier.«

»So ein großer, mit ganz kurzen Haaren?«, fragt sie mich.

Jetzt hat sie angebissen.

»Genau.«

»Den kenne ich. Der hasst Eier. Du musst sie leider alleine essen.«

Sie lächelt. Nicht freundlich, sondern zufrieden. Zufrieden, dass sie mich reingelegt hat. Ich schenke ihr den Sieg, und weil ich Hunger habe, esse ich brav die Eier auf. Mama hat ordentlich viel Schnittlauch in das Rührei gemacht. Lecker.

»Na, siehst du, jetzt hast du die Eier doch noch geschafft«, sagt sie und nimmt mir den leeren Teller weg.

»Mein Gedächtnis habe ich deshalb aber noch nicht wiederbekommen«, sage ich.

»Wie wäre es denn, wenn du an die frische Luft gehst? Das Wetter ist traumhaft. Vielleicht findest du da draußen dein Gedächtnis wieder.«

Ich höre, wie Papa die Treppe herunterkommt. Besser, ich verdrücke mich. Papa ist mir heute Morgen etwas zu lustig. Am Ende schafft er es noch, dass ich mich verrate.

»Gute Idee«, sage ich, springe auf und renne zur Haustür.

Ich finde ein paar Schuhe, die mir prima passen, und ziehe sie an. Das geht verdammt schnell, denn sie haben Klettverschlüsse. Ritsch, ratsch.

Der Garten sieht wild aus. Hier hat noch nie irgendjemand irgendetwas getan. Rechts vom Haus gibt es einen Schuppen. Hier finde ich ein Fahrrad. Es ist an einen Eisenring angeschlossen, der fest in der Wand verankert ist. In meiner Hosentasche finde ich einen Schlüssel, der für das Schloss passt. Zum Glück ist es kein Zahlenschloss, denn das hätte ich ohne Gedächtnis nie und nimmer aufgekriegt. Fahrrad fahren verlernt man angeblich nicht, und das ist auch gut so, denn dieses Rad fährt sich erstklassig. Es hat sogar einen Rückspiegel. Super. Wie automatisch biege ich an der nächsten Kreuzung nach links ab. Das nenne ich Instinkt. Hier ist so wenig Verkehr, dass ich mitten auf der Straße Slalom fahre. Wenn ein Auto kommt, werde ich jedes Mal angehupt.

Ein paar Querstraßen weiter steht ein kleiner Kiosk.

Er hat sogar offen, obwohl Sonntag ist. Ein alter Mann steht drinnen und guckt durch ein Fenster nach draußen. Er redet mit einem anderen alten Mann, der vor dem Kiosk steht. Als ich näher komme, verabschieden sich die beiden gerade voneinander.

»Mach's gut, Kurt«, sagt der Mann im Kiosk.

»Mach's gut, Willy«, sagt der andere Mann.

Für eine Sekunde trifft mich die Erinnerung wie ein Blitzschlag. Kurt! So heißt doch Opas Freund aus dem Krieg. Wenn Kurt den Kioskman kennt, kennt vielleicht auch Opa den Kioskman. Ich muss mir auf die Zunge beißen, damit ich nicht gleich mit dreißig Fragen herausplatze.

»Hallo, da bist du ja endlich. Ich dachte schon, ich hätte meinen besten Kunden verloren«, sagt der Mann im Kiosk zu mir.

Ich schließe einmal kurz die Augen und bin sofort wieder das Kind ohne Gedächtnis.

»Guten Tag«, sage ich. »Kennen Sie mich?«

Der Mann im Kiosk lacht.

»Klar kenne ich dich. Du kommst schon seit Jahren jeden Sonntag her. Du machst mir Spaß.«

Und dann lacht er wieder.

»Entschuldigung«, sage ich. »Aber ich habe leider mein Gedächtnis verloren und bin gerade erst dabei, einige Sachen über mich herauszufinden.«

»Nein. Tatsächlich?«

Der Mann kriegt große Augen. Ich weiß nicht genau, ob er mich ernst nimmt.

»Das muss schlimm sein«, sagt er.

»Das kann man wohl sagen. Spaß macht das nicht.

Vor allen Dingen, wenn man ein Kind ist. Da glaubt einem das sowieso keiner. Alle denken, man spielt ein merkwürdiges Spiel.«

»Das tut mir wirklich Leid«, sagt der Mann im Kiosk. »Vielleicht kann ich dir ja weiterhelfen.«

»Das wäre toll.«

Der Mann kratzt sich am Kinn und guckt mich dabei prüfend an. Dann sagt er: »Du kommst jeden Sonntag zu mir und kaufst eine ›Morgenpost‹ und ein paar Gummitiere. Von jeder Sorte drei, nur von den Schnullern nimmst du immer nur einen. Ich weiß nicht, warum. Du kommst fast immer mit dem Fahrrad und letztes Mal ist dir das Fahrrad gestohlen worden. Soweit ich weiß, von einem Jungen, der etwa in deinem Alter war. Wie ich sehe, hast du dein Fahrrad zurückbekommen. Das freut mich. Mehr kann ich dir leider auch nicht sagen.«

Ich bin mehr als zufrieden. Er hat mir die Geschichte voll abgenommen.

»Wird dir das denn weiterhelfen?«, fragt Kioskman hinterher.

»Ja. Danke schön. Bestimmt«, sage ich, denn ich bin sehr höflich erzogen worden. »Dann hätte ich gerne noch die ›Morgenpost‹ und drei Krokodile, drei Colaflaschen, drei Teufel, drei Pfirsiche und einen Schnuller.«

Der Mann packt die Gummitiere in eine weiße Papiertüte und gibt sie mir zusammen mit der ›Morgenpost‹ durch das Fenster.

»Macht zwei Euro und 20 Cent.«

Ich krame meine Hosentaschen durch und kann das Geld tatsächlich noch zusammenkratzen.

»Normalerweise hast du immer drei Euro dabei«, sagt

der Mann. »Und da fällt mir noch etwas ein. Vorletzten Sonntag hast du das erste Mal mit mir geredet. Ich dachte vorher, du kannst gar nicht sprechen oder nur sehr schlecht. Du hast bis dahin immer nur Zeichensprache gemacht. Außerdem hattest du immer einen Rucksack dabei.«

»Aha« sage ich, »sehr interessant. Klingt alles ganz schön merkwürdig, oder?«

Der Mann im Kiosk nickt. Ich nicke auch und wir verabschieden uns voneinander.

Die Zeitung muss ich auf den Gepäckträger klemmen, denn wie der Mann eben schon bemerkt hat, habe ich keinen Rucksack dabei. Schlimm ist das nicht, denn dafür ist ein Gepäckträger schließlich da.

Ich will gerade mein Fahrrad wenden, um nach Hause zu fahren, als ich schräg gegenüber die feindliche Agentin sehe. Sie steht wieder hinter dem Krankenhauszaun und winkt mir. Ich bin gespannt, ob ich auch sie täuschen kann. Ohne weiter nachzudenken, fahre ich über die Straße und halte direkt vor ihr an.

»Hallo«, sage ich.

»Hallo«, sagt auch sie.

Ich verziehe mein Gesicht, denn ich versuche mich an sie zu erinnern. Ein kleines Mädchen, das so aussieht, trifft man nicht alle Tage, das müsste doch wie ein Flummi aus dem schwarzen Loch meiner Erinnerung hinausspringen.

»Willst du dich nicht bedanken?«, fragt sie.

»Wofür denn bedanken?«

»Ich habe dich gerettet. Ist dir das nicht klar?«

»Tut mir Leid«, sage ich. »Aber ich habe mein Gedächtnis verloren. Ich kann mich überhaupt nicht an dich erinnern.«

»Du erinnerst dich an gar nichts?«, fragt sie und zuckt mit den Schultern.

»Na ja, ich kann noch sprechen und Rad fahren und so was, aber ansonsten ist alles weg.«

»Kannst du noch rechnen?«

»Drei mal sieben ist 21. Wenn du das meinst: Ja, klar. Aber ich weiß nicht, wer ich bin und was ich bisher gemacht habe.«

»Vielleicht ist das besser so«, sagt das Mädchen und guckt geheimnisvoll.

»Warum? Was meinst du damit?«

»Wirst du schon merken oder vielleicht auch nicht. Keine Ahnung.«

Auweia, das klingt, als wenn sie gleich zu spinnen anfängt. Ich glaube, es ist eine dumme Idee, sie zu meiner besten Freundin zu machen. Bevor die richtig durchdreht, haue ich lieber ab. Wer den ganzen Tag im Nachthemd herumläuft, kann sowieso nicht mehr alle an der Waffel haben.

»Ich fahr dann mal wieder«, sage ich und drehe mein Superrad.

»Kommst du mal wieder?«, fragt das Mädchen. »Wir könnten zusammen was spielen.«

»Ich kenne ja nicht mal deinen Namen«, sage ich, statt ihr eine Antwort zu geben.

»Ich heiße Bernadette, aber du darfst mich Bernd nennen.«

»Warum sollte ich dich Bernd nennen? Das ist doch ein Jungenname«, sage ich.

»Weil ich glaube, dass du ein ganz schöner Spinner bist. Irgendwie würde es zu dir passen, wenn du mich Bernd nennst.«

Also dass die mich für einen Spinner hält, ist ja wohl der Hammer.

»Du spinnst ja wohl mindestens doppelt so sehr wie ich. Immerhin kann ich mich normal anziehen«, sage ich.

»Wenn du mal wieder vorbeikommst, werden wir schon sehen, wer von uns normaler ist. Oder traust du dich nicht?«

»Jetzt muss ich aber erst mal los«, sage ich, weil mir nichts Besseres einfällt.

»Pass auf, dass du nicht wieder dein Gedächtnis verlierst.«

»Ja, ja«, antworte ich und schiebe mein Rad zurück über die Straße. So ganz scheine ich sie nicht überzeugt zu haben.

Als ich am Kiosk vorbeifahre, ruft der Mann: »He, warte mal, komm noch mal her!«

Ich lege eine Vollbremsung hin. Das Hinterrad blockiert, bricht zur Seite aus und überholt mein Vorderrad. Mit anderen Worten drehe ich mich fast auf der Stelle. Hoffentlich hat das jemand gefilmt. Das hat superlässig ausgesehen. Keine Frage.

Ich rolle gemächlich die paar Meter zurück, bis ich wieder vor dem Kiosk stehe.

»Es tut mir wirklich sehr Leid, dass du dein Gedächtnis verloren hast. Und dass dir keiner glaubt, ist fast genauso schlimm. Ich glaube dir jedenfalls wirklich und als Beweis will ich dir etwas schenken.«

Er reicht mir ein Überraschungsei. Also wenn das nicht der absolute Beweis ist, dass er mir wirklich glaubt. Es ist gar nicht das Schlechteste, ab und zu sein Gedächtnis zu verlieren.

»Danke«, sage ich und strahle dabei höchstens die halbe Freude aus, die ich wirklich empfinde.

»Übrigens ist mir noch etwas eingefallen. Das Mädchen, mit dem du eben gesprochen hast, sie hat mir erzählt, dass ihr vor einer Woche richtig gute Freunde geworden seid.«

Die Kleine wird ja immer merkwürdiger. Sie ist verrückt, sie klaut, sie lügt und sie kennt Kioskman.

»Kennen Sie das Mädchen gut?«, frage ich.

Kioskman nickt und lächelt stolz.

»Klar, ich bin ihr Opa.«

»Oh«, sage ich und dann fällt mir nichts mehr ein.

Und zum Ende eine Enttäuschung

Mama und Papa sitzen im Wohnzimmer und knutschen. »Hallo, ich bin wieder da!«, rufe ich und renne hinein. »Hier, ich habe euch eine ›Morgenpost‹ mitgebracht.«

»So was«, sagt Mama und nimmt mir die Zeitung aus der Hand.

»Er hat sogar die Schuhe ausgezogen«, sagt Papa. »Anscheinend hat er sein Gedächtnis wiedergefunden.«

»Der Mann am Kiosk hat mir dabei geholfen, aber der größte Teil in meinem Kopf ist noch immer leer.«

»Komm mal her«, sagt Papa.

Ich gehe zögernd zu ihm hinüber. Der hat bestimmt einen miesen Trick auf Lager.

»Vielleicht kannst du dich ja an das hier erinnern«, sagt er. Er packt mich mit seinen riesigen Händen und spielt eine Runde Rippenklavier auf meiner rechten Seite. Ich winde mich kichernd aus seinem Griff und verschwinde nach oben in mein Zimmer.

Das Überraschungsei öffne ich am besten in der Agentenbasis. Das ist doch logisch. Eine Überraschung ist ja eigentlich auch nichts anderes als ein Geheimnis.

Als Erstes lausche ich noch einmal nach unten, ob Mama und Papa nicht in den nächsten Sekunden hochkommen. Wie es sich anhört, sind sie wieder mit Knutschen beschäftigt. Das kann eine Weile dauern. Ich schließe die Zimmertür. Ganz leise. Ich öffne den Schrank. Noch leiser. Ich taste nach dem Riegel der Geheimtür und schließe den Schrank von innen. Das war eine dumme Idee, denn ich taste und taste und finde den Riegel nicht. Es ist zu dunkel, als dass ich etwas erkennen könnte. Ich öffne deshalb die Schranktür wieder. Ich schiebe die Hemden und Hosen so weit es geht zur Seite, damit das Licht auch die Rückwand erreicht.

Als ich sehe, was los ist, werde ich fast ohnmächtig. Die Erkenntnis trifft mich wie ein nasser Lappen im Gesicht. Ein nasser Lappen, der mindestens drei Tonnen wiegt.

Die Geheimtür ist verschwunden und ich könnte wetten, dass der Schrank wieder direkt an der Wand steht. Kein geheimer Raum mehr dahinter. Keine Agentenbasis. Hätte ich wirklich das Gedächtnis verloren, würde ich nicht einmal merken, dass sich in meinem Zimmer etwas verändert hat.

Während ich noch im Schrank sitze, pule ich enttäuscht die Alufolie vom Überraschungsei und trenne die beiden Schokoladenhälften.

Nachdem ich mir die eine Hälfte in den Mund geschoben habe, lasse ich das Plastikei aufploppen und schütte eine Papierrolle auf meine offene Hand. Vielen Dank, mehr ist nicht drin. Langsam reicht es mit den Enttäuschungen.

Die Papierrolle ist wie eine echte Schriftrolle, nur winzig klein. Sie wird von einem roten Band zusammengehalten. An dem Band befindet sich ein kleines Siegel. Ein winziger Adler ist auf dem Siegel zu sehen.

Ich halte die Luft an, ziehe vorsichtig das rote Band ab und rolle den winzigen Zettel auf.

An den ***Namenlosen***

Wir werden uns melden.

steht darauf zu lesen und unterschrieben ist es mit:

Der General der Agenten